PANINI BOOKS

In der Buchreihe „Sternentänzer"
sind bisher erschienen:

Band 1: Das Rätsel um den weißen Hengst
Band 2: Das geheimnisvolle Mädchen
Band 3: Weißer Hengst in Gefahr
Band 4: Caro unter Verdacht
Band 5: Rettung für Lindenhain
Band 6: Bedrohung für den weißen Hengst
Band 7: Letzter Auftritt des weißen Hengstes?
Band 8: Der unheimliche Pferdehof
Band 9: Zeit der Entscheidung
Band 10: Hoffen und Bangen in Lilienthal
Band 11: Silbersterns Geheimnis
Band 12: Abschied mit Folgen
Band 13: Caro und das Mädchen im Moor
Band 14: Ponys in Not
Band 15: Eine rätselhafte Vision
Band 16: Das Geheimnis der Schlossruine
Band 17: Caro und die weiße Stute
Band 18: Die Botschaft des weißen Hengstes
Band 19: Achterbahn der Gefühle
Band 20: Die geheimnisvollen Briefe
Band 21: Eine unglaubliche Entdeckung
Band 22: Ein verhängnisvolles Erbe
Band 23: Geister aus der Vergangenheit

Sternentänzer

Geister aus der Vergangenheit

Lisa Capelli

Band 23

Panini Books

Die Deutsche Nationalbibliothek verzeichnet diese Publikation in der Deutschen Nationalbibliografie; detaillierte bibliografische Daten sind im Internet über http://dnb.d-nb.de abrufbar.

Dieses Buch wurde auf chlorfreiem, umweltfreundlich hergestelltem Papier gedruckt.

Sternentänzer, Band 23 – Geister aus der Vergangenheit

Chefredaktion: Claudia Weber
Redaktion: Birgitt Kehrer
Lektorat: Helga Kronthaler
Umschlag: tab indivisuell, Stuttgart
Fotos: © mauritius images; Jürgen Nießen/PIXELIO; Sabine Stuewer Tierfoto
Satz: Vanessa Buffy, Mannheim
Druck: CPI – Ebner & Spiegel, Ulm
ISBN: 978-3-8332-1842-2

www.panini.de

Geister aus der Vergangenheit

In einer stürmischen Vollmondnacht schlägt ein Blitz in eine jahrhundertealte Eiche ein, und eine Sternschnuppe fällt vom Himmel. Im gleichen Moment wird ein wunderschöner Schimmel mit einem kleinen schwarzen Stern auf der Stirn geboren.

Das kranke Rehkitz

Es war einer dieser schönen, ruhigen Herbstnachmittage, die noch einmal an die Wärme des Sommers erinnerten. Die Blätter hingen kunterbunt an den Bäumen, und die Sonnenstrahlen schienen golden durch die Zweige. Carolin Baumgarten, genannt Caro, ritt gemächlich auf ihrem herrlichen Schimmel Sternentänzer durch das kleine Wäldchen in der Nähe von Lilienthal.

„Jetzt komm schon, du Schlafmütze!“, hallte es durch den Wald.

„Jaja!“, schrie Carolin zurück. Augenblicklich galoppierte sie an und lenkte den Hengst in die Richtung, aus der die Stimme gekommen war. Lina Schniggenfittichs Stimme. Die Stimme ihrer besten Freundin. Endlich wieder! Noch vor ein paar Wochen war die Freundschaft der beiden Mädchen auf Messers Schneide gestanden. Aber jetzt war alles wieder gut. Zum Glück!

„Gewonnen!“, rief ihr Lina übermütig entgegen. „Marhaba und ich waren viel schneller als du und dein Sternentänzer.“ Das Mädchen mit den langen roten Locken und den leuchtend grünen Augen glitt vom Rücken des braunen Hengstes und schlang die Zügel um einen dicken Ast.

„Ah ja, wusste gar nicht, dass wir ein Wettreiten machen!“ Grinsend saß Carolin ebenfalls ab und band Sternentänzer neben Marhaba fest.

„Ist das nicht schön!“ Mit einem tiefen Seufzer ließ sich Lina am Seeufer in den Sand fallen und blickte über die schimmernde Wasseroberfläche, auf der sich ab und an eine kleine Welle kräuselte.

Carolin setzte sich neben die Freundin. „Und wie!“, nickte sie und meinte genau wie Lina nicht nur den See, der in der Spätnachmittagssonne glitzerte.

Mit einer schnellen Bewegung warf Lina ihre wilde Haarmähne in den Nacken. „Wir waren ganz schön bescheuert!“

„Alle beide“, bestätigte Carolin.

Lina drehte den Kopf, sodass sie Caro anschauen konnte. „Du noch mehr, Frau von und zu Borken!“ Ein verschmitztes Lächeln umspielte ihre Lippen.

„Nee, du!“, gab Carolin kichernd zurück.

„Du.“ Lina knuffte die Freundin so, dass die zur Seite kullerte.

„Nee, du!“ Lachend richtete sie sich wieder auf und gab Lina einen kleinen Schubs.

„Du.“ Übermütig warf sich Lina auf Carolin.

„Du!“

Ausgelassen und unter fröhlichem Gekichere tollten die zwei Freundinnen am Seeufer entlang.

„Stopp!“, schnaufte Lina nach einer Weile. „Aufhören!“ Sie setzte sich auf und schüttelte das Laub aus ihren langen

Haaren. Dann streckte sie die Beine aus, lehnte sich zurück und stützte sich mit den Armen ab. „Weißt du, was ich heute getan hab, bevor wir ausgeritten sind?“

„Keine Ahnung ... Stepptanz geübt?“, sagte Carolin gut gelaunt. „Oder Kickboxen?“

„Ich hab den ganzen Wohnwagen auf den Kopf gestellt, um diesen Zettel mit dem Rezept zu finden. Überall hab ich gesucht, echt überall, aber der Zettel ist wie vom Erdboden verschluckt.“

Bei *diesem Zettel* handelte es sich um ein Stück Papier, ein Rezept, auf dem die Zutaten zu einer wundersamen Tinktur notiert waren. Lina hatte den Zettel in der Bibliothek einer Zauberschule entdeckt, als sie dort in den Ferien ein Seminar besucht hatte. Bei diesem Seminar hatte sie auch Amalia kennengelernt und sich mit dem Mädchen angefreundet. Danach hatten die beiden das Rezept zu Hause nachgemischt und nach vielen Experimenten schließlich herausgefunden, wie der Trunk wirkte. Nämlich als Heilmittel, mit dem man sehr wahrscheinlich kranke Tiere heilen konnte.

Nur jetzt, da sie die Wirkung endlich kannten, war der Zettel mit den Zutaten wie vom Erdboden verschwunden. Den Rest der Tinktur, der noch übrig gewesen war, hatten Lina und Amalia sorgfältig aufgeteilt und in verschiedene Gläser gefüllt. Eines davon hatten sie Dr. Sander, dem Tierarzt von Lilienthal und Caros Stiefvater, gegeben. Um die Inhaltsstoffe analysieren zu lassen, hatte er die Probe an ein Labor geschickt. Doch die Untersuchung war negativ ausgefallen, genau wie alle weiteren Analysen in anderen Labors.

Offenbar enthielt die Heiltinktur einen Bestandteil, der sich nicht identifizieren ließ.

„Schon doof, dass keines der Labors bisher alle Zutaten analysieren konnte“, meinte Carolin.

„Echt wahr!“, pflichtete Lina ihr bei. „War völlig für die Katz, dass ich mein Glas da auch noch hingeschickt hab. Hätte ich es mal lieber behalten.“

„Und was ist mit Ami?“, wollte Carolin wissen. „Sie hat doch noch ein Glas, oder? Beziehungsweise dieser Glasgow. Vielleicht hat er das Rezept ja inzwischen längst entschlüsselt?“

Ami war Linas Großmutter, die weise alte Frau arbeitete als Hexe und Heilerin. Lina hatte ihr ein Glas mit dem Gemisch gegeben und sie gebeten, es an Glasgow, einen überaus bekannten Hexenmeister, zu schicken.

„Pah!“, machte Lina ein wenig angesäuert. „Wenig wahrscheinlich. Ami hat es ja noch nicht einmal an Glasgow weitergegeben.“

„Hä? Warum?“

„Keine Ahnung!“ Lina seufzte tief. „Du kennst doch Ami. Am liebsten spricht sie in Rätseln. Ausführliche Erklärungen sind bei ihr eher selten. Aber wir können sie nachher mal fragen.“

Nachdenklich blickten die beiden Mädchen über den See.

„Wie geht's Amalia eigentlich?“, fragte Carolin.

„Sie wollte in den Herbstferien zu Besuch nach Lilienthal kommen, aber ich hab ihr abgesagt.“

„Ey, Lina!“ Carolin bedachte die Freundin mit einem gespielt strengen Blick. „Es ist völlig in Ordnung, wenn Amalia dich besucht. Ich bin deswegen nicht mehr sauer. Das haben wir doch geklärt."

Eine Zeit lang war Carolin ganz schön eifersüchtig auf das Mädchen aus der Zauberschule gewesen. Doch dann hatte Lina ihr versichert, dass es nur eine beste Freundin geben könne – und das war ganz klar Carolin für sie.

„Ich weiß", gab Lina zurück.

Die beiden Freundinnen lächelten sich an und erinnerten sich an den Nachmittag am See, als sie ihre Freundschaft endlich wiedergefunden hatten. Um sie für immer zu besiegeln, hatten sie am Seeufer jeweils die Haarsträhne der anderen im Sand vergraben.

„Aber ich hab mir eben nun mal vorgenommen, in diesen Ferien so viel Zeit wie möglich mit meiner einzigen allerbesten Freundin zu verbringen", erklärte Lina feierlich.

„Wir reiten viel zusammen aus." Carolin strahlte voller Vorfreude. „Und wir verbringen viel Zeit auf Lindenhain. Ich freu mich schon total."

Lina seufzte. „Wenn's nur schon so weit wäre! Aber vor unserem herrlichen Leben in Freiheit sind erst mal noch zwei Wochen Schule zu bewältigen."

„Erinnere mich bloß nicht daran", ächzte Carolin.

Lina beugte sich nach vorne und begann damit, ihre derben, dicken Schnürstiefel aufzubinden.

„Was machst du da?"

„Ich zieh meine Schuhe aus."

„Seh ich, aber warum?"

Lina stand auf und schleuderte den ersten Stiefel zur Seite. „Weil man mit Stiefeln so schlecht schwimmen kann."

Carolin sah die Freundin an. „Schwimmen? Im Wasser?“

„Nee, in den Wipfeln der Bäume! ... Logo im Wasser!“ Lina ließ den zweiten Stiefel in den Sand fallen und schlüpfte aus ihrem Rock.

Carolin verzog das Gesicht. „Das ist doch viel zu kalt!“

„Feigling“, lachte Lina.

„Außerdem haben wir doch gar keine Badesachen dabei“, wandte Carolin weiter ein.

„Von wegen!“ Verschmitzt grinsend lief Lina zu Marhaba, holte aus ihrem Rucksack ein zusammengerolltes Handtuch und zwei Badeanzüge hervor und hielt alles in die Luft. „Hier!“

„Oh nee ...“ Carolin verdrehte die Augen.

„Los!“ Lina wickelte sich in das Handtuch, zog den Badeanzug an und lief mit ausgebreiteten Armen ins Wasser. Prustend kraulte sie ein paar Meter, tauchte kurz unter und schoss dann wie ein Pfeil nach oben. „Ist das herrlich!“, jauchzte sie und schüttelte sich so heftig, dass ihre langen Haare um ihren Oberkörper klatschten. „Na, komm schon rein!“

Carolin rümpfte die Nase. „Ich weiß nicht.“

Lina rannte aus dem Wasser auf sie zu und zog sie an der Hand hoch. „Nun mach schon! Das Wasser ist ganz warm.“

„Na gut!“ Zögerlich schlüpfte Carolin in den zweiten Badeanzug und folgte der Freundin ins Wasser. Die war total in ihrem Element. Übermütig hechtete sie nach vorne und wieder zurück, während Carolin sich langsam ins Wasser gleiten ließ, sich auf den Rücken legte und mit den Beinen paddelte.

„Du siehst aus wie eine Kröte kurz vor dem Ertrinken“, feixte Lina.

„Und du wie eine durchgeknallte Kaulquappe auf Drogen“, gab Carolin ebenso übermütig zurück.

„Von wegen!“ Lina fasste mit beiden Händen ins Wasser und spritzte es in Carolins Gesicht.

„Na warte!“ Quiekend spritzte Carolin zurück. „Hier, du Kaulquappe!“

„Kröte.“

„Kaulquappe.“

„Kröte.“

Nach ein paar Minuten hob Carolin die Hände. „Friede! Mir reicht's!“ Sie wandte sich um und watete zurück ans Ufer. Lina folgte ihr.

Geschwind trockneten sich die Mädchen ab und schlüpften wieder in Jeans und T-Shirt. Als Lina die Badesachen in ihrem Rucksack verstaut hatte, banden sie die Pferde los und saßen auf.

Diesmal ritt Carolin auf Sternentänzer vor. In schnellem Galopp jagte der weiße Araberhengst den Waldweg entlang, zurück zu der kleinen Wiese am Waldrand, wo Lina mit ihrer Großmutter in Wohnwagen lebte. Linas Eltern waren meist unterwegs, um ihre selbst gemachten Kräuterprodukte zu verkaufen. An der Wegkreuzung, an der sie zur Wohnwagenwiese nach rechts abbiegen mussten, wurde Sternentänzer plötzlich langsamer, bis er schließlich ganz stehen blieb.

„Was ist denn, Sternentänzer? Weitergeht's!“ Carolin trieb den Hengst an, doch er verharrte stur wie ein Esel auf der

Stelle. Beide Ohren waren spitz nach vorne gerichtet, und er wieherte leise.

Lina ritt an ihnen vorbei. „Los, komm, Caro! Ami wartet bestimmt schon."

„Ich würd ja gern, aber Sternentänzer will nicht weiter." Carolin drückte ihre Schenkel an den Bauch des Pferdes, um es vorwärtszutreiben. „Keine Ahnung, was er auf einmal hat. Hüa, Süßer, hüa!" Carolin verstärkte die Schenkelhilfe. Plötzlich setzte sich Sternentänzer in Bewegung – doch er marschierte nicht nach rechts, sondern nach links. In die falsche Richtung.

„Hier geht's lang, Caro!", rief Lina ihr zu.

„Sag das mal Sternentänzer", gab Carolin zurück. Der Schimmel ignorierte jedes Kommando und schritt unbeirrt weiter.

Lina zögerte einen Moment, dann wendete sie Marhaba und folgte Carolin. „Wo will er denn hin?"

Carolin zuckte mit den Achseln. „Keine Ahnung, aber …"

„Was aber?"

Mit einem Stirnrunzeln blickte Carolin zu Lina. „Immer wenn Sternentänzer beharrlich in eine bestimmte Richtung will, gibt es einen triftigen Grund dafür." Sternentänzer war nämlich nicht nur ein ungewöhnlich prächtiger Schimmel, sondern er besaß auch eine außergewöhnliche Gabe. Er war ein magisches Pferd. Immer wenn Carolin in Vollmondnächten auf Sternentänzer ausritt, gewährte er ihr einen Blick in die Zukunft.

„Vielleicht will Sternentänzer dir ja etwas zeigen", vermutete Lina. „Mal schauen, wohin er uns führt."

„Und dein Unterricht bei Ami?“

Lina rollte mit den Augen. „Ey, Sternentänzer hat ja wohl Vorrang! Niemand versteht das besser als meine Ami.“

Mit aufgerichteten Ohren lief Sternentänzer den schmalen Waldweg entlang. Carolin musste sich immer wieder ducken, damit ihr die tief hängenden Äste nicht ins Gesicht klatschten. Als sie eine Lichtung erreichten, blieb der Hengst abrupt stehen und schnaubte laut. Sein Hals war angespannt, der Blick aufmerksam nach vorne gerichtet.

Lina schloss zu Carolin auf. „Was will er denn hier?“

Carolin schaute sich um. „Hier ist nichts. Keine Ahnung, warum Sternentänzer uns hierhergeführt hat!“

„Hier ist rein gar nichts.“ Lina ließ ihren Blick über die Lichtung schweifen. Plötzlich stutzte sie. „Oder wart mal!“ Sie streckte die Hand aus und deutete nach vorne. „Da drüben, an dem Baum, da ist doch …“

Carolin folgte dem Fingerzeig. „Ein Reh!“

„Rehe sind normalerweise superscheu, es müsste Angst vor uns haben und weglaufen. Aber das tut es nicht. Mit dem stimmt was nicht.“ Lina glitt aus dem Sattel und näherte sich ganz langsam dem Tier, das sich neben einem Baumstamm ins Gras drückte. Es hatte rotbraunes Fell und große, sanfte dunkle Augen.

Carolin saß ebenfalls ab und folgte der Freundin. „Es springt nicht weg.“

Nun standen die Mädchen ganz nah vor dem kleinen Reh.

„Es ist noch ziemlich jung“, flüsterte Lina. „Höchstens ein halbes Jahr alt.“ Lina streckte die Hand aus und wollte das Rehkitz berühren, zog sie dann aber rasch wieder zurück.

„Was ist?“

„Rehkitze soll man nicht anfassen.“ Lina machte einen Schritt zurück. Carolin auch. Das kleine Reh kauerte sich immer tiefer ins Gras. Es zitterte vor Angst.

„Was sollen wir jetzt machen?“

„Es könnte verletzt sein“, überlegte Lina.

„Aber man sieht nichts.“

„Verflixt!“ Lina ballte die Fäuste. Ihre Augen blitzten.

„Was ist denn?“

„Wenn wir jetzt unseren Heiltrunk hätten …“

„Haben wir aber nicht!“

Voller Mitleid betrachtete Lina das Tier. „Wir können das arme Bambi doch nicht einfach hierlassen.“

„Sollen wir es vielleicht mitnehmen?“

Etwas ratlos zuckte Lina die Schultern. „Ich weiß auch nicht“, meinte sie und musterte wieder das Rehkitz. Das arme Tier schien völlig verschreckt. „Hierlassen geht jedenfalls nicht.“

Auf einmal drängte sich ein Pferdekopf zwischen ihnen hindurch. Sternentänzer näherte sich ganz behutsam dem Kitz, bis er dicht vor ihm stand. Sanft beschnupperte er es mit seinen weichen Nüstern. Das Reh hielt still. Es war offensichtlich, dass es keine Angst vor Sternentänzer hatte.

Lina drehte sich zu Carolin. „Wir nehmen es mit zu mir“, erklärte sie dann. „Aber wie?“

Carolin überlegte und knabberte auf ihrer Unterlippe. „Das arme Bambi sieht so schwach aus. Meinst du, es kann überhaupt laufen?“

„Hm!“ Lina stemmte die Arme in die Hüften. Dann beugte

sie sich zu dem Rehkitz und schob es vorsichtig ein kleines bisschen an. Das Kitz bewegte sich leicht, oder vielmehr: Es versuchte, sich zu bewegen. Versuchte, ein Bein aufzustellen, knickte aber gleich wieder ein.

„Es ist zu schwach zum Gehen“, stellte Carolin fest und blickte besorgt zu Lina.

Entschlossen schob Lina ihre Ärmel zurück. „Dann müssen wir es eben tragen.“

Ines macht Urlaubspläne

Die Tür von Amis kunterbuntem Wohnwagen war geschlossen, die Fenster ebenso. „Ami ist gar nicht da“, wunderte sich Lina, als die beiden Mädchen dort ankamen. Vorsichtig ging Lina in die Knie und setzte das Rehkitz neben dem Wohnwagen sacht auf den Boden.

Carolin band Sternentänzer und Marhaba fest, die sie am langen Zügel hinter sich hergeführt hatte. „Ich dachte, du hast Unterricht bei ihr.“

„Das dachte ich eigentlich auch“, murmelte Lina, ohne den Blick von dem Kitz zu lassen. Zusammengekauert lag es im Gras und schaute sie mit großen dunklen Augen ängstlich an.

Carolins Herz brannte bei diesem Anblick vor Mitleid. „Das arme, kleine Bambi. Es ist total schwach. Was sollen wir nur machen?“

Lina stand auf. „Wir lassen es erst mal hier bei uns. Komm, wir bauen ihm ein kleines warmes Nest.“ Sie sperrte mit ihrem Schlüssel Amis Wohnwagen auf und lief hinein. In Windeseile holte sie ein paar dicke dunkelbraune Wolldecken aus dem Schrank und drapierte sie neben der Eckbank. „Das geht!“, nickte sie zufrieden. Dann eilte sie wieder nach draußen, hob das Rehkitz behutsam hoch, brachte es in den Wohnwagen und legte es auf die Decken. „So, mein kleines Bambi, dieses kuschelige Plätzchen wird dir bestimmt gefallen“, sagte sie dabei.

Carolin pflichtete ihr bei. „Ja, ich glaub auch. Guck nur, Lina, wie es sich in die Decken kuschelt. Und es wirkt plötzlich gar nicht mehr so ängstlich.“

Lina runzelte die Stirn. „Es ist echt blöd, dass ich diesen Zettel mit dem Rezept nicht mehr finde“, murmelte Lina vor sich hin. „Vielleicht hätten wir ihm mit unserer Heiltinktur helfen können so wie damals der dicken Sophia.“

Sophia war ein Pony vom Reiterhof Lindenhain, das vor einiger Zeit erkrankt war. Von einem Tag auf den anderen hatte es die Nahrung verweigert und war immer schwächer geworden. Selbst Tierarzt Dr. Sander hatte nicht feststellen können, was dem Tier fehlte. Irgendwann hatte er dann eingewilligt, dass Lina und Amalia ihren geheimnisvollen Trunk an dem Pony ausprobieren durften. Und kurz darauf hatte Sophia tatsächlich wieder gefressen und war gesund geworden.

Carolin knabberte auf ihrer Unterlippe, wie sie es immer tat, wenn sie nicht mehr weiterwusste. „Hast du denn nicht vielleicht noch ein paar Tropfen davon?“

„Nein“, antwortete Lina. „Alles weg! Hab ich doch vorhin am See schon erklärt. Ich weiß nicht, wo Amis Glas ist.“ Aufgebracht holte Lina eine ihrer langen Haarsträhnen und wickelte sie um den Finger. „Wenn nur dieser bescheuerte

Zettel wieder auftauchen würde, ich hab ihn doch nicht weggeworfen. Es ist echt zum Mäusemelken!"

„Wo könnte er denn sein?"

„Wenn ich das nur wüsste! Man müsste echt hellsehen können!" Kaum hatte Lina den Satz ausgesprochen, stutzte sie und drehte den Kopf zu Carolin. Ihre Augen blitzten.

Auch ohne dass Lina es gesagt hatte, wusste Carolin sofort, was die Freundin meinte. „Ich soll Sternentänzer …?"

„Genau", fiel Lina ihr aufgeregt ins Wort. „Vielleicht zeigt er dir, wo dieser Zettel mit dem Rezept ist, wenn du ihn danach fragst!"

„Einen Versuch wäre es bestimmt wert", stimmte Carolin zu.

Lina überlegte kurz, dann sagte sie: „Morgen ist Vollmond."

„Also morgen", nickte Carolin.

Als Carolin am Abend die Tür zu dem schnuckeligen gelben Häuschen im Ahornweg 16 in Lilienthal aufschloss, in dem sie zusammen mit ihrer Mutter Ines Baumgarten, ihrem Stiefvater Dr. Joachim Sander und dessen Sohn Thorben nun schon seit einiger Zeit lebte, tönte ihr stimmungsvolle, ziemlich laute Aloa-Hawaii-Musik entgegen.

„Mam? Bist du da?" Carolin schlüpfte aus ihren Schuhen und hängte ihre Jacke an den Garderobenhaken.

Keine Antwort!

Carolin öffnete die Tür zum Wohnzimmer und machte große Augen. Mitten im Zimmer stand der große Liegestuhl, der sonst immer auf der Terrasse war, darauf war ein pinkfarbener Bikini drapiert. Das Sofa schmückten bunte Papierblumenkränze, auf dem Boden lagen Ines' pinkfarbene Flipflops und ein großer Sonnenhut. Dazu diese Musik. Carolins Blick wanderte über die neue Wohnzimmerdeko und weiter zu ihrer Mutter. Die trug eine üppige pinkfarbene Stoffblume im Haar und hatte sich einen pinkfarbenen Pareo um die Hüften geschlungen. „Hallo, Schatz!"

„Ähm ... Mam? Was hat das zu bedeuten?"

In diesem Augenblick kamen Dr. Sander und Thorben durch die Tür und blickten sich nicht minder erstaunt um. „Was wird das denn, Ines?", wunderte sich Dr. Sander.

„Nehmt doch alle erst einmal Platz", forderte Ines ihre Familie freudestrahlend auf.

Carolin setzte sich an den Tisch und spähte umher. Kalte Küche. Oliven, Peperoni, Artischocken, Meeresfrüchte, eingelegte Zwiebeln, getrocknete Tomaten. *Na toll!* Ines kochte nicht allzu oft und wenn doch, am liebsten exotische Speisen, die Carolin überhaupt nicht ausstehen konnte. Was da gerade alles auf dem Tisch lag, mochte sie allerdings ebenso wenig. Dr. Sander schätzte diese ausgefallenen Spezialitäten auch nicht sehr. Mit einem ähnlich unwilligen Blick wie Carolin beäugte er daher den Tisch. Nur Thorben packte sich gleich eine große Portion Meeresfrüchtesalat auf den Teller.

Carolin holte sich eine dicke Scheibe Weißbrot aus dem Brotkorb.

Ines tänzelte um den Tisch herum und goss Dr. Sander etwas Rotwein ins Glas. „Ihr wundert euch sicher über diese spezielle Deko heute?"

Nein, Mam! Warum soll nicht mal der Liegestuhl im

Wohnzimmer statt auf der Terrasse stehen. „Schon“, nickte Carolin.

„Das hat einen Grund“, fuhr Ines strahlend fort.

„Aha!“ Dr. Sander schnappte sich ebenfalls eine Scheibe Weißbrot. „Und verrätst du uns auch welchen, Schatz?“

„Der Fischsalat schmeckt super, ich könnte die ganze Schale aufessen“, meldete sich Thorben.

Carolin schielte zu ihrem Stiefbruder. *Dein Vater und ich haben sicher nichts dagegen. Was den Essensgeschmack angeht, könnte man echt meinen, Thorben sei der Sohn meiner Mutter.*

Dr. Sander sah auf seine Uhr. „Mach's nicht so spannend, Ines! Ich muss nachher dringend noch mal weg. Frau Ritter will mit ihrem Hund ins Ausland verreisen und braucht dringend noch einen Impfpass. Immer in der letzten Minute …“

Ines setzte sich hin und nahm einen Schluck Rotwein. „Ich wollte euch auf unseren ersten gemeinsamen Urlaub einstimmen.“

„Cool! Sommerferien auf Hawaii“, schmatzte Thorben.

„Nicht in den Sommerferien“, korrigierte Ines. „Ich dachte an die Herbstferien.“

„Cool! In den Herbstferien nach Hawaii“, schmatzte Thorben weiter.

Ines winkte ab. „Nee, leider! Das können wir uns doch gar nicht leisten. Mir ist nur keine andere Idee für eine Urlaubsdeko eingefallen.“ Sie holte tief Luft. „Ich dachte eher an einen tollen Wellness-Erlebnis-Abenteuer-Urlaub für uns alle.“

„Aha!“, machte Dr. Sander und fischte mit wenig Begeisterung nach einer Olive.

„Ich habe von Florentine einen ganzen Stapel Prospekte mit Supertipps für herrliche Hotels bekommen“, schwärmte Ines. „Die könnten wir uns alle mal ansehen und gemeinsam ein Ziel aussuchen.“ Florentine war die Besitzerin der einzigen Boutique in Lilienthal und Ines' beste Freundin.

„Echt super!“, freute sich Thorben und schaufelte eine weitere Portion Meeresfrüchte auf seinen Teller.

„Es gibt Hotels, die sogar Rafting anbieten. Das wär doch was für euch Männer.“

„Rafting! Obercool!“ Thorben strahlte voller Vorfreude.

Dr. Sander nagte wortlos an seinem Brot.

„Und bestimmt finden wir auch eines mit einem Ponyhof in der Nähe für Caro.“ Ines war völlig enthusiastisch.

Ponyhof, ja klar, Mam! Hm! Eigentlich wollte doch Lina viel mit mir auf Lindenhain unternehmen …

Ines blickte zu Dr. Sander. „Und für uns beide buchen wir ein richtig romantisches Verwöhn-Wellness-Programm mit Schlammpackungen, Bürstenmassagen, Heubädern und Sauna dazu. Du musst dich schließlich auch mal von deinem ganzen Stress erholen. Das wird toll.“

„Klingt gut“, meinte Dr. Sander, schaute aber alles andere als erfreut drein.

„Das werden ganz wunderbare Ferien.“ Zufrieden griff Ines nach ihrem Glas. „Ich freu mich jetzt schon wie verrückt.“

„Sind aber leider noch zwei Wochen hin“, seufzte Thorben und kratzte den letzten Rest Meeresfrüchtesalat aus der Schüssel.

Dr. Sander räusperte sich leicht. „Und du hast alles schon gebucht?“

Ines verdrehte die Augen. „Doch nicht ohne eure Zustimmung. Florentine hat auf meine Bitte hin lediglich ein paar Anfragen gestartet."

„Die aber noch nicht verbindlich sind?", hakte Jo nach.

„Nein! Aber wir sollten uns möglichst rasch entscheiden. Sonst sind die besten Hotels weg." Das Telefon klingelte, und Ines eilte mit einem „Das wird Florentine sein" nach draußen.

Ein paar Sekunden später war sie wieder zurück. „Für dich, Caro."

„Wer denn?"

„Frau von Borken."

Helena von Borken! Carolin schluckte. *Meine unbekannte, erst kürzlich und urplötzlich in mein Leben getretene adlige Großmutter.* Es war noch gar nicht lange her, da hatte die ältere Dame tränenüberströmt in Ines' Küche gesessen und gebeichtet, dass sie Carolins Großmutter sei. Carolins Vater Paul war von seinem Vater allein großgezogen worden. Paul hatte seine Mutter nie kennengelernt, da sie den Vater gleich nach der Geburt verlassen hatte. Seit diesem Geständnis, das wie ein Schock für Carolin gewesen war, hatte sie die Frau nicht mehr gesehen. Helena von Borken war inzwischen auf das Gestüt der von Borkens nach Norddeutschland gereist, wo eine der Zuchtstuten trächtig geworden war. „Das nächste Fohlen, das eines unserer Pferde zur Welt bringt, gehört dir, Carolin", hatte ihre Großmutter versprochen.

„Caro! Los, geh schon ran!"

Carolin erhob sich und ging zum Telefon. „Ja, hallo!"

„Schönen guten Tag, Caro!"

Es war ein bisschen seltsam für Carolin, Helena von Borkens Stimme zu hören. Die Stimme einer Frau, die noch so fremd und eigentlich doch so nah war.

„Hallo!"

„Rate, wo ich gerade bin!", sagte Frau von Borken und beantwortete ihre Frage im nächsten Atemzug gleich selbst. „Im Stall. Bei unserer Sanne. Du weißt, das ist die Stute, die trächtig ist. Es geht ihr gut. Sie wird bestimmt ein wunderschönes Fohlen bekommen."

Das dann mir gehört, ergänzte Carolin in Gedanken. „Echt? Super!"

„Ich wünschte, du könntest sie sehen. Ich werde ein paar Fotos machen und sie dir senden."

„Au ja!", freute sich Carolin. „Schneller geht's, wenn Sie ein paar Handyfotos schießen und die mir per MMS schicken. Dann kann ich sie heute noch angucken."

„Nun ja", sagte Helena von Borken bedauernd. „Da muss ich dich wohl enttäuschen. Denn leider beherrsche ich diese Technik nicht in diesem Ausmaß. Ich fürchte, wir müssen den herkömmlichen Postweg wählen."

„Auch gut, ich freu mich schon! Tschüss!" Carolin wollte auflegen.

Doch Helena von Borken stoppte sie. „Du hast doch nun bald Schulferien, nicht wahr?"

„Zum Glück!"

„Nun ja, wie wäre es, wenn du auf das Gestüt in Norddeutschland kommst und dir die Stute mit eigenen Augen anschaust?", schlug Helena von Borken vor.

Carolin zögerte einen Moment. *Schon krass, manchmal bekommt man in den Ferien gar kein Angebot und manchmal drei auf einmal. Familienferien, Lina-Ferien und jetzt noch das! Es wär bestimmt spannend, dieses Gestüt zu besuchen, noch mehr Verwandte kennenzulernen und vor allem diese Stute zu sehen. Aber Ines plant ja Familienferien …* Carolin schüttelte den Kopf. „Nein danke, das ist sehr nett. Aber ich bin schon verplant. Ich fahr mit meiner Familie weg."

„Ach so, ja dann!" Frau von Borkens Stimme klang ein wenig enttäuscht.

Carolin sah die ältere Dame vor sich und spürte Mitleid. „Aber wenn Sie wieder zurück sind, hier auf dem Schloss, dann besuch ich Sie ganz bestimmt, versprochen", fügte sie noch rasch hinzu.

„Also gut, bis dann, Carolin", verabschiedete sich ihre Großmutter.

In diesem Moment ging die Wohnzimmertür auf, und Thorben schoss an ihr vorbei wie ein geölter Blitz. Mit großen Schritten eilte er nach oben.

„Was ist denn mit dir los?", rief ihm Carolin verwundert hinterher.

Thorben beugte sich über das Geländer nach unten. „Ich muss im Internet recherchieren, was man zum Rafting braucht. Krass, ey, Caro! Das wird super!"

Na, wenigstens einer, der sich über die Pläne von Mam freut, dachte Carolin und ging zurück ins Wohnzimmer.

Unverhofft kommt oft!

Als Carolin am nächsten Morgen schlaftrunken nach unten tapste, ertönte schon wieder hawaiianische Aloha-Musik. Oder immer noch? Zumindest nicht mehr ganz so laut wie am Abend zuvor.

Ines trug auch keine Blume mehr im Haar und keinen Pareo mehr über der Jeans, doch sie tänzelte immer noch. Diesmal durch die Küche. Hin und her zwischen Frühstückstisch und dampfender Kaffeemaschine. „Morgen, mein Schatz!“, flötete sie gut gelaunt.

„Morgen, Mam!“ Carolin ließ sich auf den Stuhl fallen und gab eine große Portion Schokopops in ihr Schälchen.

In diesem Moment klingelte das Telefon. Ines hob ab. „Jo, Telefon für dich!“, rief sie dann nach oben, zog sich wieder in die Küche zurück und schloss die Tür hinter sich. „Ich freu mich schon so. Unser erster gemeinsamer Urlaub als Familie.“

Carolin goss Milch in ihre Schüssel. Unwillkürlich schweiften ihre Gedanken dabei wieder zu dem Rehkitz, dass Lina und sie gestern gefunden hatten. *Hoffentlich zeigt mir Ster-*

nentänzer, wo dieser Zettel liegt! Dann kann Lina die Tinktur zusammenbrauen und wir können dem armen Bambi helfen. Damit es ihm bald wieder gut geht ...

Die Küchentür ging auf, und Dr. Sander kam herein. Er setzte sich auf den Platz neben Carolin, auf seiner Stirn hatte sich eine steile Falte gebildet.

Ines tänzelte auf ihn zu, stellte ihm seinen Kaffee vor die Nase und gab ihm einen Kuss auf die Wange. „Bitte schön!"

Dr. Sander rührte bedächtig in der Tasse. „Das eben war meine Exfrau."

„Ich weiß, mein Schatz." Ines tänzelte ungerührt weiter.

Dr. Sander lehnte sich zurück und holte tief Luft. „Sie will, dass Thorben in den Herbstferien zu ihr kommt."

Ines hielt mitten in einem Tanzschritt inne. Das Lächeln erstarb auf ihrem Gesicht. „Wie bitte?"

„Sie will die Ferien mit Thorben verbringen."

„Oje, er hat sich doch schon so auf das Rafting gefreut!", entschlüpfte es Carolin.

„Es steht ihr zu. Sie ist schließlich seine Mutter", erklärte Dr. Sander bestimmt.

Ines sah ihren Mann mit großen Augen an. „Ach, du verteidigst sie, du findest das etwa auch noch gut!"

Dr. Sander rührte weiter in seinem Kaffee. Dann legte er den Löffel zur Seite. „Sei nicht ungerecht, Ines! Sie stellt ohnehin sehr wenig Ansprüche."

„Ach nee!" Ines zog die Augenbrauen hoch. „Aber ausgerechnet jetzt. Wir wollten doch gemeinsam verreisen in den Herbstferien, und jetzt soll Thorben ..."

In diesem Moment stiefelte Thorben durch die Tür. In

einem Batman-Schlafanzug mit einer Joker-Fratze vorne drauf und schlecht gelaunt wie jeden Morgen. „Was soll ich?“, murmelte er müde.

„Vergiss es!“, wehrte Dr. Sander rasch ab.

Ines verschränkte die Arme. „Sag's ihm ruhig!“

„Was denn?“, muffelte Thorben und ließ sich auf einen Stuhl fallen.

Ines und Dr. Sander schwiegen.

Thorben sah Carolin an. „Sag du!“

Carolin schüttelte den Kopf. „Oh nee, bereits in der Antike wurde der Überbringer schlechter Botschaften geköpft, darauf hab ich null Bock!“

Dr. Sander lehnte sich zurück. „Ich habe eben mit deiner Mutter telefoniert, Thorben, und sie würde gerne die Herbstferien mit dir verbringen.“

„Was?“ Thorben starrte seinen Vater entsetzt an. „Nee, echt nicht! Ohne mich.“

„Siehst du, der Junge will das auch nicht“, stieg Ines gleich ein.

„Der Junge wird in diesem Fall nicht lange gefragt“, gab Dr. Sander zurück.

Na toll! Carolin schob ihr Müslischälchen weg und stand auf.

„Wo willst du hin, Caro?“, wollte Ines wissen.

„Ähm … nach Lindenhain … ähm … ich hab versprochen, Gunnar bei dringenden Arbeiten im Stall zu helfen.“ Stimmte zwar nicht wirklich, aber Hauptsache weg von hier!

Carolin ließ ihr Rad langsam über den Hof bis zum Haupthaus rollen und parkte es. Sie blieb einen Moment stehen und ließ ihren Blick über den Reiterhof schweifen, der auf einem sanften, grünen Hügel zwischen großen, knorrigen Linden lag: Lindenhain war für Carolin der schönste Reiterhof der Welt …

„Caro, gerade wollte ich dich anrufen." Vickys Stimme riss Carolin aus den Gedanken. Vicky Heuber war die Lebensgefährtin von Gunnar Hilmer, dem Besitzer des Reiterhofs Lindenhain. Seit Kurzem waren die beiden stolze Eltern einer süßen, kleinen Tochter. Vicky, die früher recht drahtig und sportlich durchtrainiert war, wirkte auch nach der Geburt weiterhin ziemlich rundlich. Wenn man ihr begegnete, hatte sie auch immer etwas zum Naschen in der Hand. „Nervennahrung", pflegte sie zu sagen. Nun knabberte sie grad an einem Schokokeks. Auch sah sie heute irgendwie anders aus, was wohl an ihrer Frisur lag. Sie hatte ihre langen dunklen Haare, die sie sonst offen oder als Pferdeschwanz trug, mit einer großen, schwarzen Spange nach oben gesteckt.

„Hi! Was gibt's denn, Vicky?"

Vicky schluckte den Keks hinunter und wischte sich die Hände ab. „Für die Herbstferien hat sich auf Lindenhain eine Mädchengruppe angekündigt. Lauter Anfängerinnen. Ich wollte dich fragen, ob ich mit deiner Hilfe rechnen kann. Du weißt ja, das Baby schränkt mich ziemlich ein, sodass ich das allein nicht schaffe. Aber wir können deswegen natürlich nicht absagen."

Nichts lieber als das! „Klar, gerne!"

„Wäre echt toll, wenn du den Reitunterricht übernehmen könntest", setzte Vicky nach. „Wenn es deine Mutter erlaubt, könntest du für diese Zeit auch hier ins Gästehaus ziehen."

„Supermegagern!", freute sich Carolin. Sie hatte schon öfters Reitunterricht gegeben, und es machte ihr riesigen Spaß. Und der Gedanke, auf dem Hof zu wohnen … Sie strahlte über das ganze Gesicht.

In diesem Moment raste Lina auf ihrem Uraltfahrrad auf den Hof – und bremste kurz vor ihnen ab. „Hi!"

Vicky begrüßte Lina mit einem Kopfnicken, dann sprach sie weiter. „Das wäre mir wirklich eine sehr große Hilfe, Caro. Tausend Dank. Dann muss ich mich jetzt nur noch um jemanden kümmern, der mir beim Kochen hilft." Vicky wollte zurück ins Haus gehen.

„Wart mal, Vicky!", rief Lina ihr nach.

Vicky wandte sich um.

„Das könnte ich doch übernehmen, dir in der Küche helfen", sprudelte es aus Lina heraus. „Mach ich bei uns zu Hause auch öfter. Ami hat mir tolle Rezepte beigebracht."

„Juhu! Das wär ja genial", freute sich Carolin, noch bevor Vicky etwas entgegnen konnte. „Wir beide zusammen auf Lindenhain, die ganzen Ferien. Das wär so was von cool."

„Super!" Vicky strahlte. „Ich bin echt für jede Unterstützung dankbar."

„Abgemacht!", erklärte Lina.

Vicky nickte zustimmend und verschwand im Haupthaus.

Lina stellte ihr Rad ab, drehte sich zu Carolin und hob die Hand zum High-Five. „Schlag ein! Das werden die tollsten

Herbstferien aller Zeiten." Dann hakte sie sich bei Carolin ein, und die beiden Mädchen liefen hinüber zur Weide, wo einige der Lindenhain-Pferde grasten. Sie setzten sich auf das Gatter und beobachteten die Tiere. Sternentänzer jagte gerade mit wehender Mähne und aufgestelltem Schweif über die Koppel. Sein mondhelles Fell schimmerte dabei wie Samt und Seide.

„Hoffentlich kann er uns helfen", meinte Lina dann leise.

Carolin verstand sofort. „Wie geht es dem Bambi?"

Lina schüttelte den Kopf. „Nicht so gut! Es war heute Morgen immer noch sehr schwach. Aber das kuschelige Plätzchen scheint ihm zu gefallen. Ich hab's inzwischen noch mit viel Stroh und Heu ausgepolstert."

„Heute Nacht werde ich Sternentänzer nach dem Rezept für die Heiltinktur befragen, dann können wir ihm bestimmt helfen", erklärte Carolin zuversichtlich.

Lina erwiderte nichts, holte nur tief Luft.

Wo ist die Heiltinktur?

Als Carolin an diesem Abend nach Hause kam, telefonierte Dr. Sander, Thorben stand neben ihm. Seine muffelige Miene sagte mehr als tausend Worte. Carolin drückte sich an den beiden vorbei ins Wohnzimmer, wo Ines wie ein Tiger im Käfig hin und her lief.

„Schon wieder“, stieß sie gleich hervor, als sie Carolin erblickte. „Er telefoniert heute bestimmt schon zum hundertsten Mal mit seiner Exfrau.“

„Echt, hundert Mal?“, wiederholte Carolin grinsend.

„Oh Mann!“, wütete Ines. „Einmal, ein einziges Mal macht man Familienpläne, und dann wird es nichts.“

Puh!, dachte Carolin und schickte ein dickes Dankeschön an Thorbens Mutter. *Damit stehen die Chancen gut, dass die Pläne von Rafting, Wellness und Ponyhof platzen, wir nicht verreisen und ich mich auf Lindenhain einquartieren kann.* Carolin überlegte kurz, entschied dann aber, ihrer Mutter noch nichts von Vickys Angebot zu erzählen und dass sie die Ferien lieber auf Lindenhain verbringen wollte. *Dafür muss ich einen günstigen Zeitpunkt abwarten,* beschloss sie.

Ines tigerte weiter durch das Wohnzimmer. „Diese schreckliche Frau missgönnt ihrem armen Sohn jegliches Vergnügen", legte sie nach. „Thorben hat sich schon so auf das Rafting gefreut."

„Ich fass es nicht!" Laut schimpfend kam Thorben ins Wohnzimmer. Dr. Sander folgte ihm.

„Und?" Ines sah Dr. Sander an.

Der zuckte die Achseln. „Nichts zu machen. Angelika besteht darauf, dass Thorben die Ferien bei ihr verbringt."

„So ein Mist!", polterte Thorben noch lauter.

Dr. Sander legte den Arm um seinen Sohn und zog ihn an sich. „Und wenn du tagelang schimpfst wie ein Rohrspatz, an der Sache ändert sich nichts mehr. Sie hat versprochen, tolle Dinge mit dir zu unternehmen."

Genervt befreite sich Thorben. „Na super!" Dann knuffte er Carolin in die Seite. „Du kannst mein Rafting ja dann mitmachen."

Klar! Super Idee!

„Also gut!" Ines blieb endlich stehen. „Dann verbringen eben wir drei einen schönen Urlaub."

Was? Oh nein! Bloß nicht!

„Ich geh sowieso gleich zu Florentine, und bei der Gelegenheit such ich was Nettes für uns drei aus. Ja, so mache ich das."

„Mam, halt!", wollte Carolin rufen, doch Dr. Sander kam ihr zuvor. „Einen Moment noch, Ines! Es gibt da etwas … also … eigentlich ist es so, dass … dass ich gerade unheimlich viel zu tun habe und eigentlich gar nicht so gut wegfahren kann."

Juhu! Danke, Jo!

Ines fuhr herum wie eine Furie. „Wie?"

„Nun ja. In meiner Praxis stapelt sich der Papierkram, und außerdem hat mich Dr. Hinrich, ein Kollege aus Grünstadt, gebeten, ihn in Notfällen zu vertreten, und ich muss …"

„Was?" Ines funkelte ihn an. „Erklärst du mir gerade, dass du wegen ein paar Kälbern, Zwergkaninchen, Meerschweinchen, Goldfischen oder was weiß ich nicht in den Urlaub fahren willst?"

„Ähem …" Dr. Sander kratzte sich am Kopf. „So was in der Art."

Ines stützte die Hände in die Hüften. „Ich fass es nicht! Deine dämlichen Viecher waren dir schon immer wichtiger als ich. Ich wusste es."

Dr. Sander griff nach Ines' Arm. „Weißt du was, Ines, lass uns das bei einem schönen Glas Wein im Bistro besprechen. Was hältst du davon?" Er zwinkerte Carolin und Thorben kurz zu, nahm seine und Ines' Jacke und schob seine Frau kurzerhand aus dem Haus.

„So ein Mist!", schimpfte Thorben weiter, als die beiden weg waren. „Zwei Wochen mit meiner Mutter, das wird kein Spaß."

„Zwei Wochen mit Mam und deinem Dad wären auch nicht viel besser."

„Stimmt." Ein schelmisches Lächeln huschte über Thorbens Gesicht. Ergeben zuckte er mit den Schultern. „Dann werd ich am besten mal alle meine alten Freunde anmailen, dass ich demnächst im Lande bin." Damit wandte er sich um und flitzte nach oben.

Carolin schnaufte tief durch, ließ sich auf die Couch fallen und schaltete den Fernseher an. Sie blieb bei einer Soap hängen, guckte aber nicht wirklich hin. Zu viele Gedanken wirbelten durch ihren Kopf. *Hoffentlich kann der Doc Mam davon überzeugen, dass wir zu Hause bleiben … Dann kann ich nach Lindenhain … Und hoffentlich kommen die beiden bald wieder zurück.*

Gegen 23 Uhr hörte sie Geräusche an der Haustür. Kurz darauf betrat Ines das Wohnzimmer. „Du bist noch auf, Schatz?“ Sie setzte sich neben ihre Tochter auf das Sofa. „Was schaust du denn da?“ Ihre Augen waren ein wenig glasig.

Keine Ahnung! „So einen Film.“

Dr. Sander kam ebenfalls ins Zimmer. Beide wirkten ziemlich vergnügt.

„Wie lange dauert dieser Film denn noch?“, wollte Ines wissen.

„Keine Ahnung!“

Ines blickte zu Dr. Sander. „Wolltest du nicht später noch eine Tier-Dokumentation ansehen, Jo?“

Nein, nicht! Ihr sollt ins Bett gehen und schlafen! „Ähm … der Film dauert noch eine ganze Weile, und ich wollte eigentlich schon wissen, wie er ausgeht“, erwiderte Carolin schnell.

Dr. Sander winkte ab. „Passt schon, Caro! So spannend wär die Doku eh nicht gewesen.“

„Nun ja.“ Gähnend erhob sich Ines. „Dann gehen Jo und ich eben ins Bett.“

Jaaaa!

„Aber sobald dein Film aus ist, gehst du auch nach oben. Ja, Caro?“, befahl Ines noch, bevor sie die Wohnzimmertür hinter sich schloss.

Juhu!

Noch nicht ganz. Die Tür öffnete sich noch einmal, und Ines steckte ihren Kopf herein. „Morgen früh müssen wir etwas mit dir besprechen. Wir haben nämlich einen Entschluss gefasst. Gute Nacht!“

„Nacht, Mam!“ *Na toll! Vermutlich haben sie sich auf ein gemeinsames Reiseziel geeinigt, einen supertollen Ponyhof gefunden und wollen mir die frohe Botschaft überbringen. Ich muss mir dringend was einfallen lassen, wie ich diesen Familienurlaub verhindern kann. Aber jetzt gibt es erst mal was Wichtigeres zu tun.* Carolin kuschelte sich auf das Sofa und kämpfte gegen ihre immer schwerer werdenden Augenlider. Bevor sie ganz zufielen, stand sie auf, lehnte sich gegen die Terrassentür und blickte in die Nacht. Bleierne Müdigkeit überkam sie. Es war eine dieser Nächte, in denen sie eigentlich lieber in ihr warmes Bett geschlüpft wäre, als nachts auszureiten. *Vergiss es, Caro!*, ermahnte sie sich streng. *Du hast es Lina versprochen!* Ein kleines Lächeln huschte über ihr Gesicht. *Und ich freu mich schon auf Linas Gesicht, wenn ich ihr sagen kann, wo dieses Rezept liegt. Nun dauert's nicht mehr lang.*

Kurz vor Mitternacht schaltete Carolin Fernseher und Licht aus. Auf Zehenspitzen tapste sie nach oben und legte das

Ohr vorsichtig an die Schlafzimmertür ihrer Eltern. Gleichmäßiges Schnarchen. Leise tapste sie wieder nach unten, schlüpfte in ihre Jacke und ihre Sneakers, öffnete vorsichtig die Haustür und huschte nach draußen. Rasch schwang sie sich auf ihr Rad und fuhr nach Lindenhain. Es war eine kühle Nacht. Dunkle Wolken bedeckten den Himmel.

Auch auf dem Reiterhof war alles ruhig. Carolin schaute sich um, aber in keinem der Fenster brannte Licht. Seit das Baby da war, gingen Gunnar und Vicky zwar meist sehr früh schlafen, mussten jedoch nachts häufig aufstehen.

Erleichtert atmete Carolin auf und flitzte hinüber zum Stall. Geräuschlos öffnete sie die Stalltür und lief die Stallgasse entlang. Als sie Sternentänzers Box betrat, blickte ihr der schöne Hengst bereits erwartungsvoll entgegen und wieherte leise.

„Hallo, mein Süßer! Wartest du schon auf mich?“ Carolin begrüßte ihr Pferd mit ein paar Streicheleinheiten und schmiegte sich liebevoll in sein Fell. Dann holte sie aus einer Ecke der Box vier Leinensäcke und umwickelte damit seine Hufe. „So, es kann losgehen!“, murmelte sie und führte Sternentänzer aus dem Stall, über den Hof bis hinüber zu der Stelle, wo der Feldweg begann. Dort befreite sie die Hufe von den Säcken und schwang sich auf den Rücken des Pferdes.

„Los, lauf, Sternentänzer, lauf!“ Der Schimmel setzte sich sofort in Bewegung. Erst langsam, dann immer schneller. Carolin fröstelte und zog den Reißverschluss ihrer Jacke bis nach oben. „Schneller, mein Schöner, schneller!“, feuerte sie Sternentänzer an und beugte sich weit nach vorne. Dann schloss sie die Augen und versuchte, sich auf ihre Frage zu konzentrieren. „Ich wünschte, ich wüsste, wo Linas Zettel mit der Rezeptur für die Heilmixtur ist“, murmelte sie.

Kaum hatte sie ihre Frage gestellt, ging ein sanfter Ruck durch den sehnigen Körper des Pferdes. Schnell wie der Wind galoppierte der Hengst davon. Carolin klammerte sich fester an seine Mähne, sie fühlte sich merkwürdig. Ihr Kopf schien sich zu drehen, ihr wurde schwindelig – wie in einem Kettenkarussell. Sternentänzer galoppierte schneller und schneller. Und plötzlich tauchten Bilder in Carolins Kopf auf. *Da ist Amis Wohnwagen, Lina hält sich darin auf. Sie öffnet eine Schublade, durchstöbert sie, schüttelt den Kopf, sucht weiter. Dann ist verschwommen ein Stück Papier zu sehen, ein Zettel. Er liegt auf dem Tisch. Oder ist es ein Stuhl? Ein Regal? Da ist wieder Lina. Sie öffnet die nächste Schublade und durchwühlt sie. Mit einem Mal schiebt sich dieser Zettel über Lina …*

Wie in einem Rausch schoss die Bilderflut durch Carolins Kopf. Schnell, konturenlos, wie mit einem Weichzeichner gefiltert. Dann wurde Sternentänzer langsamer. Er keuchte, lief schwerfälliger, fiel in den Trab und schließlich in den Schritt. Sein sehniger Körper zitterte leicht, sein Fell war nass geschwitzt.

Carolin richtete sich auf und blies in ihre eiskalten Hände, um sie etwas aufzuwärmen. Sie wandte ihren Blick zum Himmel, wo die dicke runde Scheibe des Mondes gerade zwischen zwei Wolken hervorlugte, und ließ dabei die Vision Revue passieren. „Den Zettel habe ich ganz deutlich gesehen, aber wo genau befand er sich, Sternentänzer?

Wieso hast du mir nicht gezeigt, wo er liegt?", murmelte sie. „Und findet Lina nun das Rezept für das Heilmittel wieder? Oder nicht?"

Gedankenversunken tätschelte Carolin den Hals ihres Pferdes. „Wird Lina diesen Zettel jemals wiederfinden, Sternentänzer?" Sie beugte sich ganz weit nach vorne und schmiegte ihren Kopf in Sternentänzers mondhelle Mähne. Für einen Moment schloss sie die Augen. „Warum hast du mir denn nicht verraten, wo genau dieser Zettel ist? Gerade jetzt, wo wir den Heiltrunk für das kleine Rehkitz dringend gebrauchen könnten!"

Sternentänzer streckte seinen Kopf und wieherte leise – so, als wolle er etwas sagen.

Carolin musste ein wenig lächeln. „Du weißt doch, dass ich die Pferdesprache noch nicht ganz so gut beherrsche." Sie richtete sich auf, holte ein paar Mal tief Luft und ritt zurück nach Lindenhain.

So leise wie möglich bugsierte sie Sternentänzer zurück in seine Box und rieb ihn trocken. Dann schlich sie zu ihrem Rad und machte sich auf den Heimweg.

Eigentlich hab ich Linas Frage gestellt, schoss es ihr plötzlich durch den Kopf, während sie durch die kühle Nacht radelte. *Ob es daran liegt? Vielleicht hätte ich fragen sollen, ob das Rehkitz wieder gesund wird? Vielleicht hätte ich dann etwas über das Heilmittel erfahren. Ja, das wäre vermutlich die bessere Frage gewesen! Ich Idiot!* Carolin bremste abrupt ab. *Soll ich noch mal? Kann man überhaupt zweimal in einer Nacht ausreiten? Kann man zweimal in einer Vollmondnacht in die Zukunft blicken? Geht das?*

Kann man zwei Fragen in einer Nacht stellen? Kann man zwei Visionen bekommen? Caro spürte einen Regentropfen auf ihrer Nase. Noch einen, dann immer mehr. *Mist! Bei Regen ist Ausreiten in der Nacht sowieso viel zu gefährlich.* Rasch schwang sie sich wieder auf ihr Fahrrad und fuhr in Windeseile nach Hause.

Miese Stimmung und viele neue Pläne

Montagmorgen, feiner, dünner Nieselregen, Matheunterricht und eine geschlossene Bahnschranke. *Doofer kann man nicht in den Tag starten!,* dachte Carolin und versuchte, sich unter ihrer Kapuze zu verstecken. Doch der Nieselregen kam irgendwie so tückisch von der Seite, dass er sich in ihrem Gesicht anfühlte wie kleine Nadelstiche. Das „Wichtige, was es zu besprechen gab“, war verschoben. „Darüber reden wir, wenn du aus der Schule kommst“, hatte Ines am Frühstückstisch verkündet.

„Ich will eh nichts von irgendwelchen Urlaubsplänen wissen“, grummelte Carolin vor sich hin. Sie war müde, hatte nach dem Vollmondritt schlecht geschlafen, sich hin und her gewälzt und war erst gegen Morgen in einen Tiefschlaf gefallen, den der Wecker dann unsanft beendet hatte. „Jetzt geh endlich auf, du blöde Schranke!“, schimpfte sie.

Es war nicht nur schlecht für Caro, dass die Schranke geschlossen war und sie im Regen warten musste, es war auch ein äußerst schlechtes Zeichen für diesen Tag. Denn die Bahnschranke, die Lilienthal in zwei Hälften teilte, war eines von Carolins Omen. Schranke oben verhieß einen guten Tag, Schranke unten bedeutete einen schlechten Tag. *Schranke unten und Nieselregen, das wird wohl ein verdammt mieser Tag!,* unkte Carolin in Gedanken. Endlich öffnete sich die Schranke dann doch noch, und Carolin radelte mit Volldampf zur Schule.

Montagmorgen war eigentlich Sportunterricht, doch da die Sportlehrerin krank war und kein Ersatzlehrer verfügbar, fiel der Sportunterricht erst mal aus. Stattdessen hatten sie eine Zusatzstunde bei Dr. Heribert Hutmacher, der zufällig eine Freistunde hatte – und somit begann die Woche mit Matheunterricht. *Geht es noch schrecklicher? Nicht wirklich!*

Lina saß schon auf ihrem Platz, als Carolin durchnässt ins Klassenzimmer schlüpfte, und sah sie erwartungsvoll an. „Und?"

„Was und?", fragte Carolin nach, obwohl sie genau wusste, was die Freundin meinte.

„Was ist mit dem Zettel? Hat dir Sternentänzer gezeigt, wo das Rezept ist?"

„Nee!" Carolin schnaufte tief, ließ sich auf ihren Platz fallen und wischte notdürftig die Nässe aus ihrem Gesicht.

„Wie nee? Bist du etwa gar nicht ausgeritten?", hakte Lina nach. Sie wirkte besorgt.

„Doch."

„Aber?"

„Nichts aber! Ich hab gesehen, wie du danach gesucht hast, und ich hab auch den Zettel gesehen. Er war da. Aber frag mich nicht, wo genau."

„Wie? Du musst doch erkannt haben, wo er lag?"

Carolin bückte sich und holte ihre Bücher aus ihrer nassen Schultasche. „Auf einem Tisch, einem Stuhl, einem Schrank. Keine Ahnung.“

„Mist!“ Lina lehnte sich zurück und fischte nach einer Haarsträhne. „Das war's dann wohl!“

„Wie geht's dem Rehkitz denn? Noch nicht besser?“, erkundigte sich Carolin.

Lina schüttelte den Kopf. „Keine große Besserung.“

Auch Carolin lehnte sich nun zurück und fuhr sich mit beiden Händen durch die feuchten Haare. „Aber eine Hoffnung haben wir ja noch.“

„Ach ja? Welche denn?“

„Ami und Glasgow! Ami hat das Glas mit dem Trunk doch noch. Wenn sie es Glasgow gibt und er die Zutaten entschlüsselt, dann machen wir uns hier ganz umsonst Sorgen. Frag Ami halt mal!“

„Nein“, antwortete Lina. Einfach nur Nein.

„Warum nicht?“, wunderte sich Carolin.

Lina ließ ihre Haarsträhne los und warf sie nach hinten. „Weil ich gar nicht weiß, wo Ami gerade ist.“

„Aber …“

„Meine liebe Ami ist seit gestern verreist. Sie hat mir nur einen Zettel dagelassen, dass sie ein paar Tage weg ist.“

„Wieso das denn?“

Lina zog die Schultern hoch. „Keinen blassen Schimmer!“

„Und wohin?“

Lina rollte mit den Augen. „Was weiß denn ich! Du kennst doch Ami. Auf dem Zettel stand natürlich keine Ortsangabe. Klare Ansagen gibt's bei ihr ja eher selten.“

Carolin überlegte einen Moment, dann packte sie Lina am Arm. „Wenn sie das Heilmittel noch nicht an Glasgow gegeben hat, muss es ja noch da sein. Bestimmt hat sie es nicht mit auf ihre Reise genommen. Wir könnten es suchen und dann dem Rehkitz verabreichen."

„Können wir nicht."

Die Tür ging auf, und Dr. Hutmacher betrat den Raum.

„Und warum nicht?"

„Weil ich deine tolle Idee gestern Abend bereits hatte und schon den ganzen Wohnwagen auf den Kopf gestellt hab. Nur leider erfolglos", antwortete Lina.

„Mist!"

„Genau, Mist!"

Geräuschvoll stellte der Mathelehrer seine abgewetzte Aktentasche auf den Tisch. Mit einem „Guten Morgen, die Herrschaften! Dann wollen wir gleich mit dem Unterricht beginnen", eröffnete er die Mathestunde.

Montagmittag, es nieselte immer noch. Aber wenigstens war die Schranke nun geöffnet, als Carolin nach der Schule nach Hause radelte. Sie war zwar noch müde vom nächtlichen Ausritt, doch ihre Laune hatte sich ein klein wenig gebessert. Dr. Hutmacher hatte sie nicht abgefragt, und in Englisch bei Miss Somerset hatte sie mit einer fast fehlerfreien Übersetzung glänzen können. Außerdem waren ja bald Ferien. Die Freude auf die Ferien trübte allerdings ein kleiner Wermutstropfen.

Ich muss Ines unbedingt davon überzeugen, dass ich zu Hause bleiben darf, überlegte Carolin, als sie ihr Rad im Ahornweg abstellte. *Zwei Wochen Familienurlaub mit Mam und Jo überleb ich nicht!* Sie packte ihre Schultasche und sperrte die Haustür auf.

Sogleich tönte ihr ein fröhliches „Hallo, Caro!“ aus der Küche entgegen. „Ich warte schon auf dich.“

Carolin stellte ihre Schultasche ab und ging in die Küche. Ines saß am Küchentisch und lackierte ihre Nägel. Grellpink. Neben ihr lagen zwei dicke Bälle aus Alufolie.

„Ich hab uns Döner besorgt, Jo und Thorben sind zu Jos Exfrau.“ Ines nannte nie ihren Namen. Sie sprach immer nur von Jos Exfrau, niemals von Angelika.

Hungrig schnappte sich Carolin einen Döner, entfernte jedoch die Zwiebelringe, bevor sie genüsslich hineinbiss.

Ines hob die fertig lackierte Hand und wedelte damit durch die Luft. Dann legte sie sie auf den Tisch und sah Carolin ernst an. „Die Herbstferien rücken ja immer näher.“

„Zum Glück“, schmatzte Carolin.

„Du freust dich schon, stimmt's?“

„Ey, Mam, zeig mir den Schüler, der sich nicht auf die Ferien freut.“

„Klar! Und bestimmt freust du dich auch schon auf unseren Urlaub zu dritt! Auf das Wellnesshotel und den Ponyhof.“

Carolin schluckte und schwieg. *Jetzt müsste ich eigentlich einen Versuch starten und es ihr sagen. Mam, ich möcht nicht mit! Ich will lieber hierbleiben! Das ist die Gelegenheit. Los, komm, Carolin Baumgarten, du Feigling! Okay, nach dem nächsten Bissen Döner sag ich's ihr …*

„Und ich hätte das eigentlich auch ganz toll gefunden."

Hätte? Carolin hielt inne. *Was soll das denn heißen?*

Ines blickte auf ihre Fingernägel und pustete einmal drüber. „Es tut mir total leid, wenn ich dich jetzt enttäuschen muss, Caro."

Carolin ließ ihren Döner sinken. *Was wird das jetzt?*

Ines sah auf und holte tief Luft. „Es ist so, dass … nun, du hast gestern ja gehört, dass Jo nicht so gut weg kann, wegen seiner dämlichen Viecher. Und da hab ich mir gedacht, dass es doch eigentlich auch ganz schön wäre, wenn wir quasi Ferien zu Hause machen würden. Wenn wir also nicht wegfahren, sondern hierblieben … Jo hat versprochen, sich trotz der Vertretung ein bisschen freizuschaufeln."

Wie bitte? Träum ich? Carolin guckte ihre Mutter mit großen Augen an.

Ines legte eine Hand auf Carolins Arm. „Hoffentlich bist du nicht zu sehr enttäuscht."

Enttäuscht? Ich? Lindenhain, ich komme! Am liebsten würd ich aufspringen und durch die Küche tanzen! Carolin schluckte und zwang sich, ein ernstes Gesicht zu machen.

„Vielleicht gibt es ja irgendwelche Angebote von deiner Schule, ein Ferienprogramm oder so, damit es dir nicht allzu langweilig wird."

„Ach Mam!" Carolin räusperte sich. „Das ist kein Problem. Ich kann ja auch nach Lindenhain. Dort kommt eine Gruppe Reitschüler, und Vicky hat mich eh gefragt, ob ich ihr helfen kann. Das wird schon …"

Ines strich mit ihren pinkfarbenen Nagelspitzen vorsichtig über Carolins Arm. „Und du bist nicht enttäuscht, Schatz?"

Carolin hätte am allerliebsten losgeprustet, doch sie beherrschte sich. „Ach Mam! Ich versteh das schon. Das ist okay für mich."

In diesem Moment klingelte das Telefon. Ines stand auf und ging ran, kam eine Minute später wieder zurück in die Küche. „Für dich."

Carolin nahm den Hörer.

„Hi, Carolinchen!"

Es gab nur einen einzigen Menschen, der sie so nennen durfte – und das war Ferdi. Ferdinand Reifenbach war ihr Freund. Er stammte eigentlich aus Berlin, war aber wegen Carolin nach Lilienthal gekommen. Als es zwischen ihnen kürzlich ein paar Unstimmigkeiten und Eifersüchteleien gegeben hatte, war Ferdi allerdings nach Grünstadt zu einem Kumpel gezogen. Inzwischen war in ihrer Beziehung aber wieder alles in Ordnung.

„Hi, Ferdi!"

„Wie geht's?"

„Super!", sprudelte es aus Carolin heraus. „Stell dir vor, in den Ferien verreisen wir nun doch nicht, und ich kann viel Zeit auf Lindenhain verbringen. Es kommen Reitschüler, und Vicky hat mich gefragt, ob ich ihr bei den Reitstunden helfen kann." Sie senkte die Stimme, damit Ines nicht mithören konnte. „Und vielleicht kann ich auch gleich auf Lindenhain wohnen. Das muss ich meiner Mam allerdings erst noch verklickern. Ist das nicht kolossal super!"

„Na ja", meinte Ferdi etwas zögerlich. „Eigentlich hatte ich gehofft, dass wir beide in den Ferien viel gemeinsam unternehmen würden."

„Können wir doch auch."

„Aber wenn du die ganze Zeit auf Lindenhain rumhängst. Mit Jan und Tim."

Carolin kicherte übermütig. „Sag bloß, du bist immer noch eifersüchtig auf die?"

„Quatsch!"

„Na also! Wie wär's, wenn wir heute Abend zum Pizzaessen gehen und über alles reden?"

„Abgemacht!"

„Um sechs im Bistro *Salamander*?", schlug Carolin vor.

„Gerne."

„Bis dann."

„Ciao, Ferdi!" Mit einem glücklichen Lächeln legte Carolin auf.

„Caro!", rief es aus der Küche.

„Ja, Mam!"

„Kommst du mal?"

Ines hatte nun auch die Nägel der zweiten Hand lackiert und wedelte mit beiden Händen durch die Luft. „Ich hab zufällig gehört, dass du dich für heute Abend verabredet hast."

„Ja und?"

„Könntest du das verschieben? Jo wollte uns alle heute zum Essen ausführen."

Carolin zog die Schultern hoch, ging zurück zum Telefon und wählte Ferdis Nummer. „Hi, Ferdi!"

„Carolinchen. Was gibt's noch?"

„Das mit dem Pizzaessen heute wird leider nichts. Jo und Mam haben einen Familienabend geplant."

„Ah!“, machte Ferdi. Nur „Ah!“ Doch an diesem Ah merkte man ganz deutlich, dass er enttäuscht war. „Na dann.“

„Wie wär's denn mit morgen?“, hakte Carolin nach.

„Geht nicht, da hab ich Training.“

„Dann eben ein andermal. Bald sind ja Ferien“, versuchte Carolin, ihn zu trösten.

„Wenn du auf Lindenhain bist …“

„Klar, genau!“

„Okay.“

„Also bis dann, tschüss, Ferdi!“

Mit einem etwas angesäuerten Tschüss legte Ferdi auf.

Wider Erwarten wurde der Familienabend ganz nett. Dr. Sander gab Geschichten aus seinem Leben als Tierarzt von sich, die so lustig waren, dass sich alle vor Lachen den Bauch hielten. „Dann war da noch dieser Bauer mit der spindeldürren Kuh“, erzählte er beim Nachtisch. „Dessen großes Ziel es war, Büffelmozzarella aus der Milch herstellen zu lassen. Nur hatte er nicht bedacht, dass man für Büffelmozzarella auch einen Büffel braucht, und wollte Rat von mir.“

Ines lächelte ihren Mann liebevoll an und nippte am Espresso. „Also, wenn mir mal jemand vorhergesagt hätte, dass ich einen Tierarzt heiraten würde, hätte ich alles dagegen gewettet.“

„Und?“ Dr. Sander beugte sich zu ihr. „Hast du es denn schon bereut?“

„Na ja …“, begann Ines schelmisch. „Nein, natürlich nicht.“ Sie drückte seine Hand. „Ach du, ich freu mich schon so auf unsere Ferien zu Hause. Ich hoffe, du schaffst es auch wirklich, wie versprochen ein bisschen kürzer zu treten!“

„Na toll, und die Kinder werden abgeschoben …“, brummelte Thorben in seinen Eisbecher. „Zumindest ich!“

„Ich will auch …“, platzte es aus Carolin heraus.

„Mit zu meiner Mutter?“, fragte Thorben grinsend.

Ines sah ihre Tochter überrascht an. „Was willst du?“

Carolin stockte. *Jetzt oder nie!* „Na ja, nach Lindenhain! Ich mein, ich werd da eh viel Zeit verbringen, eigentlich könnte ich doch dann gleich dort übernachten. Dann müsstet ihr euch nach niemandem richten und könntet planen, wie ihr wollt. Vicky hat es mir angeboten.“

Dr. Sander küsste Ines' Hand. „Das klingt nach einer ganz vorzüglichen Idee.“

Ines ließ sich nicht so einfach überrumpeln. „Moment mal, von Übernachten war bisher noch nicht die Rede. Und wo würdest du überhaupt schlafen?“

„Bitte Mam! Ich könnte in ein Zimmer im Ferienhaus ziehen. Das wär doch viel praktischer“, drängelte Carolin.

„Also ich finde, es spricht nichts dagegen“, meinte Dr. Sander.

Ines zuckte die Achseln. „Na, dann bin ich wohl überstimmt. Also gut. Meinetwegen.“

„Juhu!“ Carolin sprang auf und umarmte ihre Mutter.

„Na super!“, ächzte Thorben in seinen Eisbecher. „Alle sind glücklich, und ich gehe bei meiner Mutter vor Langeweile ein.“

„Keine Bange, Sohnemann!“ Dr. Sander klopfte Thorben aufmunternd auf die Schulter. „Ich bin sicher, dass sich Angelika ein tolles Programm für dich ausgedacht hat.“

„Ich kann's kaum noch erwarten“, brummte Thorben.

Nach dem Essen zog sich Carolin ziemlich bald in ihr Zimmer zurück. Nach dem Vollmondausritt in der Nacht zuvor war sie todmüde. Aber überglücklich. Sie setzte sich an ihren Schreibtisch, nahm das in Silber gerahmte Bild von Sternentänzer in die Hand und strich zärtlich darüber. „Stell dir vor, ich darf die Herbstferien auf Lindenhain verbringen“, murmelte sie. „Dann bin ich Tag und Nacht ganz in deiner Nähe, mein Schöner. Ich freu mich schon total. Das werden die allertollsten Ferien meines Lebens!“

Doch da sollte sich Carolin ganz schön täuschen.

Ami kommt zurück

Tags darauf war in der ersten Stunde Erdkunde. Erdkunde war eigentlich ganz okay für Carolin, wäre da nicht der Erdkundelehrer Gernot Feldbusch gewesen. Groß, hager, dunkelblonde, strähnige Haare, die immer wieder in sein Gesicht fielen, und mit einer Vorliebe für hautenge Oberteile, die seinen etwas umfangreichen Bauch eng umspannten. Außerdem kam er leicht ins Schwitzen, was deutliche Spuren unter seinen Achseln hinterließ. Nun, da es draußen kälter war, trug er statt der T-Shirts eng taillierte Hemden.

Als er sich zur Tafel wandte, um etwas zu notieren, nutzte Carolin schnell die Gelegenheit, mit Lina zu reden. „Du wirst nicht glauben, wo ich die Ferien verbringen werde!“

„Na?“, machte Lina so interessiert, als hätte Carolin vom Wetterbericht in China erzählt.

„Auf Lindenhain. Cool, oder?“

„Aha!“

Carolin stieß die Freundin in die Seite. „Was ist denn mit dir los? Du hängst auf deinem Stuhl wie ein Schluck Wasser in der Kurve!“

„Nichts. Gar nichts“, gab Lina mit blitzenden Augen zurück. „Außer dass ich keine Ahnung hab, wo meine Ami ist. Nicht weiß, wann sie zurückkommt – und was mit diesem armen, kleinen Rehkitz passieren soll, weiß ich auch nicht. Ich mache alles genau so, wie es mir die Leute vom Wildgehege am Telefon erklärt haben. Das Reh trinkt und frisst ja auch, aber sehr viel munterer ist es nicht geworden. Wenn Ami da wäre, könnte sie ihm bestimmt helfen.“

„Hat denn Jo noch nicht nach ihm geschaut? Ich hatte ihm doch gleich Bescheid gesagt, und er hatte versprochen …“

„Klar, Caro“, unterbrach Lina sie. „Dein Stiefvater war schon längst da und hat das Kitz untersucht. Außer einer allgemeinen Schwäche konnte er aber nichts feststellen. Genau wie bei der armen Sophia damals. Es ist ein Rätsel. Mehr als füttern und gut pflegen kann ich nicht …“

„Lina.“ Unbemerkt hatte sich Gernot Feldbusch genähert und stand nun vor ihrem Tisch. Sein lilafarbenes Hemd spannte so eng, dass sich zwischen zwei Knöpfen sein weißer, leicht beharrter Bauch zeigte. In der Hand hielt er eine Tafelkreide, mit der er hin und her wedelte. „Könntest du uns bitte mal erklären, wie viele Bundesstaaten Amerika hat?“

„Nein, kann ich nicht.“ Mit einem Satz sprang Lina auf. „Mir ist schlecht, ich muss dringend zum Arzt.“ Damit schoss sie zur Klassenzimmertür hinaus.

Gernot Feldbusch schaute ihr mit offenem Mund nach.

„Lina hat schon den ganzen Morgen über schreckliche Bauchschmerzen“, erklärte Carolin rasch.

„Nun ja. Dann wird das ja baldigst von einem ärztlichen

Attest bestätigt werden", meinte Gernot Feldbusch noch, bevor er sich Klassenstreber Rino zuwandte.

Arme Lina!, dachte Carolin und beschloss, gleich nach der Schule zu ihr zu fahren. Doch mit dem Gong zum Schulende baute sich erst mal Julia Schlupf vor ihr auf. Blond, hübsch, verwöhnt, hochnäsig und mitunter ziemlich gemein. Als sie von Carolins adeliger Großmutter erfahren hatte, hatte sie alles daran gesetzt, Carolins Freundschaft zu gewinnen. Sie war eine Weile zuckersüß und superfreundlich gewesen. Doch eines Tages hatte Carolin die Heuchelei nicht mehr ertragen und ihr klar und deutlich mitgeteilt, dass sie – nach allem, was bisher vorgefallen war – nie im Leben mit ihr befreundet sein wollte. Seither zeigte Julia wieder ihr wahres Gesicht. Und seither herrschte Eiszeit zwischen den beiden Mädchen. Bis heute.

„Hallo, Caro von Borken. Ich soll dir schöne Grüße von Isabella ausrichten", erklärte sie und grinste fies. Isabella Steinbach war Julias Cousine. Während eines Auslandsaufenthaltes ihrer Eltern war sie für einige Monate in Carolins Klasse gekommen. Diese kurze Zeit hatte sie ausgenutzt, um sich an Ferdi heranzumachen, weil sie genau wie Julia immer nur üble Streiche und Gemeinheiten im Sinn hatte.

Carolin verdrehte die Augen. „Sonst noch was?"

„Sie lässt fragen, wie es Ferdi geht. Ob du was dagegen hast, wenn sie ihm mal eine Mail schreibt?"

„Du kannst mich mal!" Carolin packte ihre Schultasche und verließ das Klassenzimmer mit einem unguten Gefühl im Bauch. Nicht wegen Ferdi! Der interessierte sich nicht für Isabella. Aber wegen Julia. *Hoffentlich heckt sie nicht wieder was Fieses aus!,* grübelte Carolin, während sie ihr Rad aufsperrte. *Ich hab echt keine Lust auf neuen Stress.* Sie schwang sich auf den Sattel und radelte schnurstracks zu der Wohnwagenwiese von Lina.

Carolin entdeckte Lina schon von Weitem. Die Freundin stand mitten auf der Wiese. In der Hand hielt sie einen Stock.

„Hi, Lina!", rief Carolin ihr zu, während sie das Rad vor Linas Wohnwagen parkte. „Was machst du da?"

„Ich versuche, dem armen Rehkitz zu helfen", antwortete Lina, bückte sich und begann mit dem Stab einen Kreis zu ziehen.

„Was wird das?"

„Ich markiere einen heiligen Raum."

Erst jetzt fiel Carolin auf, dass in der Mitte des Kreises neben Lina ein kleiner Holzschemel stand, über den ein buntes Tuch ausgebreitet war. Darauf lagen zwei Terrakottaschälchen, ein Räucherstäbchen und eine Kerze.

„Sag schon, was machst du da?", hakte Carolin nach.

„Ein Schälchen mit Flüssigkeit für das Wasser, ein Schälchen mit Salz für die Erde, ein Räucherstäbchen für die Luft, eine Kerze für das Feuer. Während ich mit dem großen Geist in Kontakt trete, dienen die vier Elemente als Schutz. Denn sie sind ein besonders kraftvoller Teil der Natur", erklärte Lina rasch. „Und jetzt sei bitte still, ich muss mich konzentrieren!"

Carolin nickte, lehnte sich gegen den Wohnwagen und beobachtete die Freundin.

Lina kniete sich auf den Boden, schloss die Augen und

streckte die Handflächen weit nach oben. „Großer Geist, sende uns deine Kraft und verstärke die Heilungskräfte des Rehkitzes!“ Plötzlich begann ihr Oberkörper von einer Seite zur anderen zu schwingen – so, als werde Lina von unsichtbaren Fäden gezogen. Dann sackte sie in sich zusammen, verharrte eine Weile auf dem Boden, richtete sich wieder auf und schüttelte sich.

Carolin lief auf sie zu. „Und? Hat es funktioniert?“

Lina wandte den Kopf, sah sie an, sah irgendwie durch sie hindurch. Sie wirkte noch ganz benommen. „Ich hatte Kontakt mit dem großen Geist“, sagte sie mit heiserer Stimme.

Carolin packte Lina am Arm. „Woher weißt du das?“

„Ich spürte ein warmes, starkes Kribbeln von den Haarspitzen bis in die Fußsohle“, ergänzte Lina. Sie klang immer noch heiser.

„Heißt das, dass der große Geist dem kranken Rehkitz hilft?“

Lina schüttelte sich erneut, und mit einem Mal klang ihre Stimme wieder normal. „Hoffentlich.“ Sie beugte sich und nahm die beiden Schälchen in die Hand. „Mehr kann ich nämlich nicht tun, Caro.“

„Komm, lass uns gleich mal nachsehen! Vielleicht geht es dem Kitz ja schon besser!“ Carolin packte Lina am Arm und zog sie mit sich zu Amis Wohnwagen.

Als die zwei Mädchen eintraten, zuckte das Kitz leicht zusammen. Es drehte den Kopf zu ihnen und schaute sie mit seinen dunklen Augen an. Sonst bewegte es sich nicht. Es wirkte müde und lag ruhig in seinem Nest aus Decken und Stroh. Sein Atem ging regelmäßig.

Erschöpft strich sich Lina über ihre Stirn. „Sieht so aus, als hätte mein Zauber dem armen Tier nicht allzu viel genützt. Caro, ich hab solche Angst, dass es stirbt!“

„Das können wir keinesfalls zulassen!“ Aufgebracht packte Carolin die Freundin am Arm. „Wir müssen irgendetwas unternehmen.“

Lina drehte den Kopf, sodass sie Carolin ansehen konnte. Ihre Augen schwammen in Tränen. „Ich weiß nicht mehr, was ich noch tun kann, Caro. Ich hab Amis Wohnwagen mehrmals nach dem Rezept durchsucht, ich hab den Heilkräftezauber ausgesprochen. Ich füttere das Kitz regelmäßig mit der Flasche, und der Doc war auch hier. Aber alles hilft nicht. Ich weiß echt nicht, was ich sonst noch tun könnte.“

„Verzagen ist die große Schwester der Niederlage“, ertönte da auf einmal hinter ihnen eine Stimme.

Erschrocken fuhren Carolin und Lina herum und blickten in Amis Gesicht.

Die alte Frau mit dem grauen Wallehaar, über das sie ein rotes Tuch gebunden hatte, stand direkt hinter ihnen. Wie Lina trug auch Ami weite Röcke und weite Blusen. Über ihr braun gebranntes, von vielen Falten durchzogenes Gesicht huschte ein verschmitztes Lächeln, ihre großen Ohrringe klimperten leise.

„Ami!“, schrie Lina und fiel ihrer Großmutter um den Hals. „Endlich bist du wieder da!“

Ami ließ sich die Umarmung ihrer Enkelin einen Augenblick gefallen, dann befreite sie sich sanft, aber energisch aus deren Griff und sah Lina tadelnd an. „Du enttäuschst mich, Schülerin. Ich dachte, wir wären weiter.“

„Ami, da ist dieses Rehkitz, dem geht es schlecht, und ich weiß nicht weiter“, stieß Lina hektisch hervor. „Ich dachte, wir könnten ihm mit unserem Heiltrunk helfen, aber der ist weg. Und das Rezept auch.“

Ami musterte Lina mit einem strengen Blick. Dann wanderte ihr Blick weiter zu dem kleinen, schwachen Rehkitz, das in einer Ecke des Wohnwagens lag.

„Du hast den Trunk doch noch nicht an Glasgow geschickt?!“, presste Lina hervor.

„Nein“, antwortete Ami kurz.

„Dann könntest du ihn uns doch geben für das kranke Rehkitz.“

„Nein“, wiederholte Ami ganz gelassen.

Lina stutzte. „Wie?“

In aller Ruhe setzte Ami einen Wasserkessel auf und holte Jasmintee aus dem Schrank.

„Soll das Rehkitz vielleicht sterben?“, entfuhr es Lina.

„Nein!“, lautete erneut Amis Antwort.

„Was denn dann?“ Linas Stimme überschlug sich schier.

„Setzt euch!“, forderte die alte Frau sie mit sanfter Stimme auf.

Lina und Carolin hockten sich auf Amis Holzbank. Bis der Jasmintee fertig war, sprach keiner mehr ein Wort. Ami verteilte den herrlich duftenden, dampfenden Tee in die Tassen, dann blickte sie von Lina zu Carolin. „Ich werde auf das Kitz aufpassen und es pflegen“, begann sie dann. „Ihr müsst euch keine Sorgen machen, es wird ihm gut gehen bei mir.“

„Und woher willst du das wissen?“, fragte Lina leise.

„Es wird ihm gut gehen“, wiederholte Ami sanft, aber bestimmt.

„Warum können wir ihm denn nicht einfach den Heiltrunk geben, Ami?“, mischte Carolin sich nun ein.

„Genau“, nickte Lina. „Du hast ihn doch noch, oder?“

Ami schloss die Augen und wedelte den Geruch des Jasmintees in ihre Nase. „Was für ein köstlicher Duft!“

„Ami“, bat Lina. „Bitte! Sag schon!“

Ami öffnete die Augen und sah die beiden Mädchen mit ihren zweifarbig grünen Augen eindringlich an. „Das Geheimnis des Heiltrunks werdet ihr erfahren, wenn es an der Zeit ist. Und du mein Kind, würdest gut daran tun, dich etwas mehr in Geduld zu üben. Geduld ist eine Tugend. Nur Narren wollen mit dem Kopf durch die Wand. Aber durch Ungeduld zwingt man die Zeit nicht in die Knie.“

Endlich Ferien!

Die Tage bis zu den Herbstferien vergingen wie im Flug. Carolin und Lina verbrachten viel Zeit bei dem kranken Rehkitz, dem es inzwischen ein klein wenig besser ging. Dank Amis Pflege. Außerdem unterstützten sie Vicky tatkräftig, die für die Feriengäste einiges vorbereiten und einkaufen musste.

Als die Schulglocke am letzten Tag die Ferien einläutete, sprang Carolin mit einem strahlenden Gesicht von ihrem Stuhl auf. Sie zog Lina hoch und fiel der Freundin um den Hals. „Lindenhain, wir kommen!“, jubelte sie.

Tina Kuchberger drehte sich zu ihnen um. „Toll, endlich Ferien!“

Carolin ließ Lina los und wandte sich an Tina. „Was hast du so vor?“

„Ach!“ Tina winkte etwas genervt ab. „Meine komische Tante kommt mit meinem noch komischeren Cousin zu Besuch.“

„Familienbesuch, oje, du Arme!“, stöhnte Lina mitleidig.

Tina warf sich ihre Schultasche über die Schulter und

grinste verschmitzt. „Wenigstens gibt's dafür jeden Nachmittag leckeren Kuchen." Tinas große Leidenschaft war das Essen, und die kleinen Speckröllchen auf ihren Hüften bestätigten das auch. Doch Tina hatte sich mit ihrer pummeligen Figur angefreundet und störte sich nicht daran. „Eine angeborene Essstörung sorgt dafür, dass mein Normalgewicht etwas höher liegt", pflegte sie seit Neuestem zu sagen.

„Leckeren Kuchen", wiederholte Julia spöttisch, die gerade auf dem Weg aus dem Klassenzimmer war und Tinas letzten Satz mit angehört hatte. „Das ist doch mal ein richtig spannendes Ferienprogramm." Verächtlich musterte sie Tina von oben bis unten. „Hoffentlich platzt du nicht in den zwei Wochen."

Tina winkte unbekümmert ab. „Och, ich pass schon auf mich auf! Aber schön, dass du so besorgt um mich bist."

„Na dann, ich fliege übrigens in die Türkei, in einen neuen In-Club", verkündete Julia dann so laut, dass es auch jeder in der Klasse mitbekam. „Jet-Ski, Disco, Chillen am Strand ohne Ende. Wird bestimmt mindestens so gut wie jeden Tag Kuchen essen."

Lina rollte genervt mit den Augen und machte hinter Julia eine scheuchende Handbewegung. „Nichts wie raus hier!", rief sie Carolin zu. „Ich brauch dringend frische Luft."

Damit verabschiedeten sich die beiden von Tina.

„Fährst du dann gleich nach Lindenhain?", wollte Lina draußen am Radständer wissen.

„Hab ich vor. Will nur rasch zu Hause meinen Rucksack holen und mich verabschieden." Carolins Augen strahlten vor Vorfreude. „Ich bin ja auch schon mal total gespannt auf diese Feriengruppe. Hoffentlich sind die Mädels nett. Und du?“

Lina schob ihre weiten Röcke zur Seite und schwang sich aufs Rad. „Ich treff noch Thorben, dann komm ich nach.“

„Der arme Thorben.“ Carolin setzte sich auf ihr Bike. „Ich glaub, er ist der Einzige, der sich diesmal nicht auf die Ferien freut.“

„Hm“, nickte Lina. „Wär klasse gewesen, wenn er mit uns nach Lindenhain hätte kommen können.“

„Oh nee!“ Carolin trat leicht in die Pedale. „Wenn Thorben die Ferien nicht bei seiner Mutter verbringen würde, hätten wir Urlaub in einem dämlichen Hotel mit Ponyhof gemacht. Also, bis später.“

Ines hantierte gerade in der Küche herum, als Carolin nach Hause kam. Vor ihr auf dem Tisch standen zwei randvolle Einkaufstüten.

„Hi, Mam!“

„Hi, Schatz!“

Ines fasste in eine Tüte und zog ein paar Drogerieartikel heraus. Zahnbürste, Waschlotion, Seife, zwei Spraydosen mit Desinfektionsmittel. „Ich hab dir noch ein paar Sachen für deine Ferien besorgt.“

Carolin deutete auf das Spray. „Was soll ich denn damit?“

„Also Schatz, immerhin lebst du die nächste Zeit auf einem Pferdehof, wo nicht immer alles hygienisch zugeht. Also steck es bitte ein.“

Carolin musste grinsen.

Ines reichte ihr die bis oben hin gefüllte Tüte.

„Was ist da sonst noch alles drin?“, wunderte sich Carolin.

„Ach, nur ein paar Nahrungsmittel. Ein bisschen frisches Obst, Orangen, Bananen, ein paar Trauben. Außerdem einige Beutel mit Trockenfrüchten.“

„Mam, es gibt auf Lindenhain auch etwas zu essen.“

Ines wühlte in der zweiten Tüte. „Ja schon, aber wer weiß was! Ich kann mir nicht vorstellen, dass mitten zwischen den vielen Tieren besonders auf Vitamine und gesunde Ernährung geachtet wird.“

„Mam …“

Ines zog zwei Packungen tiefgefrorene Garnelen aus der zweiten Tüte. „Für Jo und mich gibt's heute Abend Riesengarnelen. Mit Basmatireis und Limonensoße. Ich will Jo mit einem leckeren Abendessen überraschen. Wir müssen schließlich den Anfang unseres Urlaubs feiern.“

Über die Garnelen wird sich der Doc bestimmt riesig freuen, grinste Carolin in sich hinein. Sie packte die Tüte und ging nach oben in ihr Zimmer. Ihren Rucksack hatte sie schon am Abend zuvor fertig gepackt. Rasch stopfte sie noch die Sachen hinein, die Ines eingekauft hatte.

Sie spähte noch einmal in ihrem Zimmer umher. Ihr Blick fiel auf Sternentänzers Bild auf dem Schreibtisch. *Soll ich das mitnehmen? Nee, eigentlich überflüssig! Ich seh ihn ja jeden Tag live! Oder? Doppelt hält besser!* Sie griff nach dem Bild und steckte es vorsichtig zwischen zwei Pullover. Dann verließ sie ihr Zimmer, schloss die Tür hinter sich und hopste nach unten.

Ines lehnte im Türrahmen. Ihre Augen schimmerten verdächtig. „Ach Kind!“, seufzte sie. „Du wirst mir fehlen.“

Carolin stellte ihren Rucksack ab. „Mam, ich bin doch nur auf Lindenhain.“

„Trotzdem.“

„Das ist so nah, dass du mich problemlos mit dem Rad besuchen könntest, Mam! Wenn's gar nicht anders ginge, sogar zu Fuß.“

„Aber ich seh dich einige Zeit nicht.“

„Mam! Du und Jo, ihr wolltet doch in den Ferien so viel gemeinsam unternehmen“, erinnerte Carolin ihre Mutter rasch, ehe die es sich vielleicht anders überlegte und Carolin doch nicht nach Lindenhain durfte. „Das stimmt“, sagte Ines. „Darauf freu ich mich auch schon sehr. Seit unserer Hochzeit hatten wir eigentlich nie viel Zeit für uns allein.“

„Siehst du.“ Carolin umarmte ihre Mutter. „Tschüss, Mam!“

Ines drückte ihre Tochter an sich. „Pass gut auf dich auf!“

„Mach ich“, grinste Carolin.

„Und wenn was ist, rufst du sofort an.“

„Mam!“ Schmunzelnd ließ Carolin ihre Mutter los. „Ich fahre nicht zu einer Amazonas-Expedition, ich bin nur in Lindenhain. Dort, wo ich auch sonst beinahe jeden Tag verbringe.“

„Ich weiß“, bestätigte Ines. Ihre Augen glänzten.

Carolin schnappte sich ihren Rucksack. „Tschüss, Mam.“

„Tschüss, Caro.“

Mit einem Seufzer der Erleichterung und einem vor Vorfreude heftig klopfenden Herzen schloss Carolin die Haustür hinter sich.

Es war gar nicht so leicht, mit einem so vollgepackten Rucksack auf dem Rücken Rad zu fahren, vor allem nicht das letzte Stück den Hügel hinauf. Vicky hielt sich zufällig auf dem Hof auf, als Carolin eintraf. „Hi, Caro! Ich freu mich sehr, dass du da bist." Vicky holte tief Luft. Sie sah mitgenommen aus, unter den Augen hatte sie dunkle Schatten. „Das war wieder eine Nacht, ich sag's dir. Luisa ist mindestens fünfmal aufgewacht und hat geschrien. Was bin ich froh, wenn sie endlich in die Schule kommt!"

„Das dauert noch ein kleines Weilchen", lachte Carolin und setzte den Rucksack ab.

„Ich hab für dich ein schönes Zimmer vorbereitet." Vicky ging voran Richtung Ferienhaus und führte Carolin nach oben in den ersten Stock. Dort schloss sie das letzte Zimmer im langen Gang auf. „Das ist dein Reich, während du hier bist."

„Cool!" Carolin warf ihren Rucksack auf das Bett und schob die rot-weiß karierten Vorhänge zur Seite. „Super! Da kann ich jeden Abend vor dem Einschlafen Sternentänzer zuwinken."

Vicky lächelte. „Kommst du nachher rüber ins Büro, wenn du deine Sachen ausgepackt hast? Wir müssen noch so einiges besprechen, bevor die Mädchengruppe morgen anrollt."

„Mach ich."

Als Vicky weg war, holte Carolin zuerst Sternentänzers Bild aus dem Rucksack und platzierte es auf dem hölzernen

Nachtkästchen. Dann stellte sie ihren Wecker auf, verstaute ihre Hosen und T-Shirts im Schrank und legte noch Zahnbürste und Seife ans Waschbecken. Den Rest stopfte sie unausgepackt ins hinterste Eck des Schrankes. Da klingelte ihr Handy. „Ja, hallo!"

„Carolinchen. Wo bist du?"

„Hi, Ferdi! Ich bin gerade in Lindenhain und richte mein Zimmer ein."

Kleine Pause. Ferdi holte hörbar Luft. „Wollen wir uns in Grünstadt treffen, ich würd dich zum Schulende gern zum Eisessen einladen. Da hat eine neue Eisdiele aufgemacht mit Eissorten, die sind der Hammer."

„Klaro! Supergern!"

„Okay. Ich schick dir um fünf Uhr ein Taxi nach Lindenhain und warte auf dich an der Bushaltestelle. Ciao."

„Bis dann." Carolin klappte das Handy zu und drehte sich übermütig im Kreis. *Das Leben kann so schön sein!*

Als alles verstaut war, lief sie nach draußen auf den Hof. Dort bot sich ihr ein merkwürdiges Bild. Tim kniete auf dem Boden und streckte die Arme gen Himmel. Vor ihm stand Marhaba, auf dessen Rücken saß Jan und hielt die Zügel fest umklammert. Jan war auf Lindenhain der Mann für alles. Er kümmerte sich um die Pferde, die Stallungen und die Koppel.

„Himmel hilf!", rief Tim immer wieder. „Himmel hilf!"

Kichernd stellte sich Carolin neben ihn. „Was geht denn hier ab?"

Tim raufte sich die Haare. „Dieser Typ treibt mich noch in den Wahnsinn. Der checkt einfach nichts, rein gar nichts.

Wenn ich denke, jetzt hat er's kapiert, hat er es am nächsten Tag schon wieder vergessen."

Tim, der zurzeit ein Praktikum auf Lindenhain absolvierte, hatte sich vorgenommen, Jan das Reiten beizubringen. „Ich als angehender Pferdewirt muss auch die schweren Fälle schaffen", pflegte er zu sagen. Nur: Jan war ein extrem schwerer Fall, der das Reiten gar nicht unbedingt lernen wollte. Er liebte die Pferde – die Gäule, wie er sie nannte –, sah aber keinerlei Grund dafür, sich auf deren Rücken zu setzen.

Tim stand auf. „Ich weiß echt nicht mehr, was ich tun soll! Der braucht professionelle Hilfe."

Jan guckte mutig von oben herunter. „Ey, immerhin sitze ich jetzt schon einigermaßen angstfrei auf dem Rücken eines Gauls. Wenn das kein Fortschritt ist!"

Tim warf ihm einen entnervten Blick zu. „Ich werd wahnsinnig." Er wandte sich an Carolin. „Sag mal, sind dir Leute bekannt, die das Reiten niemals gelernt haben? Nicht einmal nach achthundertfünfzig Reitstunden? Vielleicht gibt es ja wirklich Menschen, die sich dafür einfach nicht eignen."

„Nee", kicherte Carolin. „Davon weiß ich nichts."

Tim klatschte auf Marhabas Hinterteil, der Hengst setzte sich in Bewegung.

Tapfer hielt Jan sich aufrecht.

„Geht doch ganz gut", lobte Carolin.

„Ach ja!" Tim schnalzte mit der Zunge. „Hast du eine Ahnung, wie lange wir zwei schon üben?"

Er winkte ab und stiefelte Richtung Haupthaus. Carolin hinterher.

„Hallo, wie soll ich denn jetzt allein absteigen?", rief Jan ihnen gespielt verzweifelt nach. Er schaffte das Absitzen dann aber mühelos und folgte den anderen ins Haupthaus, nachdem er Marhaba versorgt hatte.

Vicky saß im Gemeinschaftsraum. Vor ihr auf dem Tisch hatte sie einen großen Kalender ausgebreitet. Carolin, Jan und Tim setzten sich zu ihr. Kurz darauf kam auch Lina herein und gesellte sich zu ihnen.

Vicky blickte in die Runde. „Also, die Mädels von der Feriengruppe kommen am späten Vormittag." Sie nickte Lina zu. „Das heißt, dass sie mittags das erste Mal etwas essen müssen." Dann wandte sie sich an Tim und Carolin. „Und dass sie am Nachmittag die erste Reitstunde haben werden."

„Geht klar", erklärten Tim und Carolin gleichzeitig.

„Und wie wäre es, wenn wir alles verbinden?", schlug Lina vor. „Wir bereiten Lunchpakete vor, und sie können mit den Pferden einen kleinen Ausflug machen."

„Die können doch noch gar nicht reiten", erinnerte Tim sie.

„Hm! Aber sie könnten sich doch draufsetzen, und wir führen die Pferde?", meinte Jan.

„Und danach bekommen sie eine erste Lektion im Pferdeputzen", fügte Tim hinzu.

Vicky nickte. „Keine schlechte Idee. So machen wir es." Sie sah Lina an. „Dann müssen wir abends zum ersten Mal für sie kochen. Okay. Und weiter …" Vicky beugte sich über ihren Kalender und organisierte das Ferienprogramm für den gesamten Aufenthalt der Gruppe.

Ferdi wartete wie versprochen an der Bushaltestelle in Grünstadt. Mit einem süßen Lächeln und einer dicken Sonnenblume in der Hand. „Hier, aus Nachbars Garten." Er reichte Carolin die Blume und begrüßte sie mit einem Küsschen auf die Wange.

„Danke."

Ferdi nahm Carolins Hand, und die beiden schlenderten Hand in Hand die Hauptstraße in Grünstadt entlang. „Zwei Wochen kein Latein, keine Pauker."

„Und kein Mathe", ergänzte Carolin gut gelaunt.

„Dafür Powertraining beim Eishockey", freute sich Ferdi, der leidenschaftlich gern Eishockey spielte. Mit seiner Mannschaft hatte er sogar schon den Meistertitel gewonnen.

„Und was bedeutet das?"

„Training total, jeden Tag."

„Puh!", stöhnte Carolin. „Wird dir das nicht zu viel?!"

„Carolinchen! Werden dir deine Pferde jemals zu viel?"

„Natürlich nicht."

„Siehst du! Wie wär's, wenn du mal zum Training mitkommst und zuschaust?"

„Versprochen", nickte Carolin und nahm sich ganz fest vor, ihr Versprechen auch zu halten.

Ferdi liebte Eishockey so sehr wie sie das Reiten. Vor der Eisdiele *Gondola* blieb Ferdi stehen.

„Sieht ganz normal aus, was soll denn da so besonders sein?", wunderte sich Carolin.

„Warte ab, bis du die Liste mit den Eissorten liest", verkündete Ferdi. Er drückte die Tür auf und ging hinein. Es war ein kleiner Raum mit nur fünf Tischen. Ferdi setzte sich an den hintersten Tisch, nahm die Eiskarte und begann vorzulesen. „Gorgonzola-Käse-Eis, Rote-Bete-Eis, Prosecco-Eis …"

„Ihhhh! Käse-Eis, eklig!", quiekte Carolin ausgelassen.

„Ist echt lecker", grinste Ferdi. „Ich hab schon fast alle Sorten durch. Mein Lieblingseis ist das Gorgonzola."

„Ihhh, riecht das auch nach Käse?"

„Quatsch! Es schmeckt halt total eigenartig. Also, was probierst du?"

„Schoko, Zitrone, Pistazie", bestellte Carolin.

Ferdi legte eine Hand auf Carolins Arm. „Das liebe ich so an meinem Carolinchen, jeder neuen Erfahrung aufgeschlossen." Er stand auf. „Ich geh mal bestellen, du kannst ja bei mir dann kosten."

Nach einer halben Stunde und Carolins zweitem Eisbecher klingelte ihr Handy. „Meine Mutter?", wunderte sie sich.

„Hi, Mam!"

„Hallo, Caro!"

„Was gibt's?"

„Wie gehst dir denn so?"

„Gut." *Äh … Mam, wir haben uns erst vor ein paar Stunden verabschiedet!*

„Und was machst du gerade so?"

„Ich bin mit Ferdi beim Eisessen. Und du? Du brutzelst wahrscheinlich gerade deine Garnelen in der Pfanne und presst die Limonen aus, oder?"

„Ja, ja, doch, schon! Und was unternehmt ihr danach? Nach dem Eisessen?"

„Dann fahr ich zurück nach Lindenhain. Ich hab ein voll tolles Zimmer dort."

„Das ist schön, Schatz! Das freut mich sehr."

„Wann kommt denn Jo zum romantischen Garnelen-essen?"

„Ach, Caro, ich muss jetzt Schluss machen. Ich wollte nur mal kurz hören, ob du gut angekommen bist. Tschüss!"

„Tschüss, Mam!" *Gut angekommen? Hä? Ich bin nur nach Lindenhain geradelt. Wie immer. Seit Jahren. Na ja, Mütter!*

Was Carolin nicht wusste, war, dass Ines gerade in der Küche vor einem Berg geschälter Garnelen und einem Schälchen Limonensaft saß und völlig frustriert auf ihr Handy starrte. „Hallo, Ines", hallte Dr. Sanders Stimme noch in ihrem Ohr. Jo hatte sie kurz zuvor angerufen und ihr mitgeteilt, dass es bei ihm heute Abend leider etwas später werden würde. „Du weißt doch, dass ich so dringend auf einen Termin mit dem Steuerberater warte, und jetzt hat ihm kurzfristig jemand abgesagt und er kann mich einschieben. Sonst muss ich Wochen warten. Ich fahr gleich zu ihm in die Kanzlei. Aber ich hab keine Ahnung, wie lang die Besprechung dauert! Warte lieber nicht auf mich. Tut mir echt leid." Dr. Sander hatte natürlich nicht ahnen können, dass Ines ihn mit einem schönen Abendessen überraschen wollte …

Ines hegt einen Verdacht

Als Carolin am nächsten Morgen aufwachte, drang etwas Tageslicht durch den kleinen Schlitz der rot-weiß karierten Vorhänge. Sie brauchte kurz, um sich zu orientieren, dann lächelte sie. *Ich bin auf Lindenhain, ich habe Ferien. Juhu!* Mit einem Auge linste sie auf ihren Wecker. Acht Uhr. „Viel zu früh“, stellte sie fest und kuschelte sich wieder in die Decke.

Plötzlich spürte sie ein Gewicht auf ihrem Rücken, und ein feuchtes Etwas schabte wie ein Scheuerschwamm über ihre rechte Wange. Carolin schreckte hoch und blickte in die großen, gelben Augen von Sternchen. Offenbar war die schwarze Katze am Abend heimlich mit ihr ins Zimmer geschlüpft und hatte es sich gemütlich gemacht.

„Guten Morgen, Sternchen“, grinste Carolin und bedachte die Katze mit ein paar schlaftrunkenen Streicheleinheiten. Dann ließ sie sich wieder zur Seite fallen. „Ich will noch ein bisschen pennen“, murmelte sie.

Doch Sternchen hatte offenbar andere Pläne. Sekunden später spürte Carolin ein Ziehen in ihren Haaren. „Sternchen!“ Eine kurze Pause, dann wieder das Ziehen. „Hör auf! Du musst bei mir keine Fellpflege betreiben. Ich wasch mich nachher schon!“ Das Ziehen ging weiter. Carolin schoss hoch. Sternchen saß vor ihr und betrachtete sie mit großen, unschuldigen Augen.

„Na gut, du hast gewonnen!“, seufzte Carolin, warf die Decke zurück und zog sich an. Die Katze wartete brav auf dem Bett, bis Carolin fertig war. Carolin nahm den Stubentiger auf den Arm und kuschelte ihre Wange in das weiche Fell. „Ob ich dich nächste Nacht wieder in mein Zimmer lasse, muss ich mir aber noch schwer überlegen.“

Am späten Vormittag rollte ein hellblauer Kleinbus mit den Feriengästen auf den Hof. Vicky, Gunnar, Carolin, Lina, Tim und Jan hatten sich zur Begrüßung aufgestellt. Ein Mädchen nach dem anderen kam aus dem Fahrzeug geklettert. Der Fahrer stellte alle der Reihe nach vor. „Das sind Hanna, Christina, Marie, Antonia, Charlotte, Tanja, Laura und Sofie. Und ich bin der Vater von Hanna.“

Vicky und Gunnar gingen auf die Gruppe zu. „Herzlich willkommen auf Lindenhain!“, begrüßte Gunnar sie. „Wir sind Vicky und Gunnar und werden uns um euch kümmern. Caro, Lina, Tim und Jan unterstützen uns dabei. Wir hoffen, ihr verbringt eine schöne Zeit bei uns.“

„Wer gibt uns denn die Reitstunden?“, wollte Antonia, ein hübsches Mädchen mit zwei langen blonden Zöpfen, wissen. Dabei musterte sie Jan von oben bis unten.

„Tim, Carolin und ich. Wir werden uns abwechseln“, erklärte nun Vicky.

„Ah!“, machte Antonia, ohne den Blick von Jan zu lassen.

„Für den ersten Tag haben wir nun gleich einen Picknickausflug für euch geplant“, verkündete Vicky weiter. „Wenn ihr euch in euren Zimmern eingerichtet habt, holen wir die Pferde und ziehen los.“

Hannas Vater teilte das Gepäck aus, und Vicky führte die Mädchen zum Ferienhaus.

„Sehen eigentlich alle ganz nett aus“, meinte Carolin.

„Find ich auch“, pflichtete Lina ihr bei.

Tim zwinkerte Jan zu. „Hast du bemerkt, wie dich diese Antonia gemustert hat? Ich glaub, die steht auf dich?“

Jan ließ eine Kaugummiblase platzen. „Blödsinn! Das sind doch noch Kiddies.“

„Kiddies“, wiederholte Carolin gespielt empört. „Die sind so alt wie Lina und ich.“

„Eben“, nickte Jan und stiefelte Richtung Stall.

Tim, Lina und Carolin folgten ihm, um die Pferde zu satteln.

Das Picknick mit der Feriengruppe wurde rundum ein Erfolg. Nach einem kleinen Spaziergang breiteten sie auf einer Wiese ein paar Decken aus, wo die Mädchen hungrig die belegten Brötchen verspeisten.

„Vielleicht mögt ihr ein bisschen was von euch erzählen“, meinte Vicky dann, während sie Müsliriegel zum Nachtisch verteilte. „Ob ihr reiten könnt, welche Beziehung ihr zu Pferden habt und so?“

„Ich fang an“, meldete sich gleich Antonia. „Ich liebe

Pferde über alles. Leider wohnen wir in einer ziemlich kleinen Mietwohnung, in der für ein Pferd überhaupt kein Platz ist. Aber ich hab schon mal als Pferdemädchen auf einem Hof bei uns in der Nähe gearbeitet. Daher weiß ich, wie man Pferde putzt und Hufe auskratzt. Draufgesessen bin ich auch schon mal, aber so richtig geritten noch nie."

„Na, das lässt sich rasch ändern", erwiderte Vicky.

„Ich kann schon ein bisschen reiten", berichtete Sofie. Sie hatte kurze rote Haare und eine Nase voller Sommersprossen. „Mein Traum wäre es, Dressurreiterin zu werden."

Tim grinste. „Das kriegen wir in der kurzen Zeit wohl eher nicht hin."

„Ich hab mal Pferde gefüttert, und das war's", erzählte Christina, ein etwas pummeliges Mädchen mit halblangen braunen Haaren. „Meine Mutter findet, dass ich reiten lernen soll. Sie meint, das sei auch gut für die Figur und straffe die Oberschenkel."

Auch Tanja, Marie, Charlotte und Hanna waren noch nie geritten, liebten aber Pferde über alles.

Vicky warf dem letzten Mädchen, Laura, einen auffordernden Blick zu.

Das Mädchen seufzte. „Alle meine Freunde können super reiten. Ich überhaupt nicht. Ehrlich gesagt hab ich sogar ein bisschen Angst vor Pferden. Sie sind so groß und unberechenbar. Aber vielleicht kann ich die Angst hier bei euch überwinden."

„Da kannst du dich mit Jan zusammentun", entschlüpfte es Tim, der dafür prompt einen strafenden Blick von Vicky kassierte.

„Jan, das ist doch der große Blonde, oder?“, meldete sich Antonia. „Könnte ich bei dem Reitunterricht bekommen?“

„Reitunterricht? Bei Jan?“ Tim prustete los. Auch Lina und Carolin mussten kichern.

„Was ist denn daran so komisch?“, wunderte sich Antonia.

„Gar nichts, die beiden sind nur etwas albern“, meinte Vicky, die sich das Lachen selbst kaum verkneifen konnte. „Zum Reitunterricht teilen wir euch später ein.“ Sie fasste in ihren Korb. „Wer mag noch einen Müsliriegel?“

Carolin wollte sich gerade melden, als ihr Handy klingelte. *Mam? Schon wieder?* „Hallo, Mam, was gibt's? Ich bin auf Lindenhain, und mir geht es gut.“

„Hallo, Caro! Hast du kurz Zeit?“

Carolin stutzte. Die Stimme ihrer Mutter klang etwas merkwürdig. Carolin stand auf und entfernte sich von den anderen. „Klar! Was gibt's denn?“

„Nichts Besonderes.“

Und wegen nichts Besonderem rufst du an? „Du klingst komisch, Mam!?“

„Ach Caro!“ Ines' Stimme war seltsam belegt. Ein bisschen traurig, ein bisschen sauer. Ines stockte.

„Ist was passiert? Mit Paps? Oder Thorben? Oder Jo?“

„Nichts. Nur dass Jo mich gestern versetzt hat. Heute ist er schon wieder unterwegs und …“

„Was und?“

„Na ja …“

„Jetzt sag schon!“

Ines holte tief Luft. „Vorhin war Florentine bei mir zu Besuch. Du glaubst nicht, was sie erzählt hat!“

ihr ihn mit einem Hufkratzer sorgfältig aus. Aber passt auf, dass ihr stets neben dem Pferd steht und nicht dahinter. Sonst könnt ihr getroffen werden, wenn es mal ausschlagen sollte."

„Ausschlagen", wiederholte Laura und beäugte die Lindenhain-Pferde ängstlich.

„So!" Carolin nahm Striegel und Kardätsche und begann damit, Sternentänzer zu putzen. „Genug geredet, Tim! Ich mach das jetzt einfach mal vor", sagte sie und fuhr dabei in vielen kleinen Kreisen mit dem Striegel über das Fell des Schimmels. „Ihr dürft ruhig fest andrücken, das gefällt den meisten Pferden, das ist wie eine Massage für sie." Mit einem kleinen Schmunzeln deutete Carolin auf Sternentänzer, der gerade wohlig den Hals verdrehte.

Marie bückte sich und griff nach einem weiteren Striegel im Putzkasten. „Ich probier das jetzt mal aus." Sie nahm sich Marhaba vor und bearbeitete sein Fell, wie Carolin es vorgemacht hatte. Der Braune stand brav da und genoss die Bürstenmassage. Doch als sie die Unterseite seines Bauches berührte, machte das Pferd plötzlich einen Satz nach vorne. Marie erstarrte vor Schreck und ließ den Striegel fallen.

„Ah ja!", grinste Carolin. „Das haben wir vergessen zu erwähnen: Am Bauch sollte man mit weniger Druck striegeln, weil hier viele Pferde empfindlich sind."

„Und unser lieber Marhaba ganz besonders", ergänzte Tim und nickte Marie aufmunternd zu. „Aber er tut dir nichts, du kannst ruhig weiterbürsten."

„Nee danke." Marie winkte ab. „Ich schau lieber erst mal zu."

„Was denn?“, fragte Carolin schon etwas unbesorgter nach. *Wenn es mit Florentine zu tun hat, kann es so furchtbar schlimm nicht sein!*

„Stell dir vor, sie hat Jo gesehen. Im Bistro *Salamander*. Er hat sich mit einer jungen, sehr hübschen Frau getroffen und mit ihr Kaffee getrunken. Und mir erzählt er, er hätte so viel zu tun. Für mich hat er keine Zeit und …“ Jetzt klang Ines' Stimme nur noch traurig. Sie schluckte. „Ich hab schreckliche Angst, dass Jo mich betrügt, Caro. Wie damals dein Paps.“

„Ach Quatsch mit Soße!“, unterbrach Carolin ihre Mutter. „Nie im Leben! Da hat sich Florentine bestimmt getäuscht und ihn mit jemand anderem verwechselt!“

„Meinst du echt?“

„Na klar, Mam“, versuchte Carolin ihre Mutter zu beruhigen. „Wenn Jo sagt, dass er viele Termine hat, dann ist das bestimmt auch so. Und wenn er keine Zeit für dich hat, dann unternimm doch einfach alleine was. Mach einen Kurs, zum Beispiel einen Sprach- oder Kochkurs oder was auch immer. Genieß deine freie Zeit!“

„Vielleicht hast du recht.“

„Ganz sicher, Mam.“

„Na gut, dann werd ich mal auf deinen Rat hören. Danke und tschüss, Caro! Genieß du weiter deine Ferien.“

„Tschüss, Mam.“ Carolin klappte ihr Handy zu und starrte für einen Moment vor sich hin. Ganz so sicher, wie sie sich ihrer Mutter gegenüber gegeben hatte, war sie nämlich nicht. Ganz und gar nicht. Sie erinnerte sich an die Zeit, nachdem Ines herausgefunden hatte, dass Paul sie mit seiner rothaarigen Sekretärin betrog. Ines hatte abwechselnd getobt und geheult. Dann waren Trennung und Scheidung gekommen. Carolin war aus allen Wolken gefallen. Niemals, nie im Leben hätte sie sich vorstellen können, dass ihr Paps Ines so hintergehen könnte. Und jetzt? Bei Dr. Sander konnte sie es sich auch nicht vorstellen. Aber konnte man sich so etwas überhaupt vorstellen? *Verflixt!* Carolin schluckte. *Was, wenn doch? Was, wenn Dr. Sander doch eine andere Frau trifft? Lässt sich Mam dann wieder scheiden? Ziehen der Doc und Thorben dann aus? Geht dann meine Familie wieder kaputt?*

„He!“ Carolin spürte eine Hand auf ihrem Rücken.

Sie wandte sich um und blickte in Linas grüne Augen.

„Ist was passiert?“

Carolin verzog das Gesicht. „Ich weiß es nicht.“

„Du bist ein bisschen blass um die Nase“, stellte Lina fest. „Also, was gibt’s?“

Carolin holte tief Luft. „Florentine hat den Doc angeblich mit einer anderen Frau gesehen. Nun hat Mam Angst, dass Jo sie betrügt.“

„Mist!“, entfuhr es Lina.

„Du denkst doch sicher auch, dass sich Mam das nur einbildet, oder?“, meinte Carolin und hoffte auf ein klares und deutliches Ja von der Freundin.

Doch Lina schwieg.

„Sag mal!“

„Na ja.“ Lina räusperte sich. „Also, neulich bin ich an seiner Tierarztpraxis vorbeigefahren und hab beobachtet, wie eine junge, hübsche Frau rein ist, ohne ein Tier“, berichtete

Lina schließlich. „Damals hab ich mir nichts dabei gedacht, aber jetzt ..."

„Verdammter Mist!", fluchte Carolin. „Also doch."

„Moment, Caro!" Lina fasste die Freundin am Arm. „Das kann alles auch ganz harmlos sein."

„Ach ja? Und was soll ich jetzt tun? Warten, dass Jo wie Paps damals meine Mam vor vollendete Tatsachen stellt und verlässt, oder wie?"

„Caro, Lina, kommt ihr! Wir wollen zurück nach Lindenhain", rief ihnen Vicky zu.

Lina legte den Arm tröstend um die Freundin und drückte sie an sich. „Wir überlegen uns was, ja?"

Ran an die Pferde!

Zurück auf Lindenhain ließ Vicky alle Pferde im Hof aufstellen. „So, Mädels, während Lina und ich uns um das Abendessen kümmern, werden euch Tim und Carolin in die Geheimnisse des Pferdeputzens einweihen“, erklärte sie und winkte Lina mit sich ins Haus.

„Komme!“ Lina lief zu ihrem Rad, packte einen großen, offenbar voll beladenen Rucksack und folgte Vicky ins Haupthaus.

„Also, Mädels, dann wollen wir mal“, rief Tim und klatschte in die Hände. „Zum Putzen müsst ihr euer Pferd immer anbinden“, begann er. „In der Putzbox ist normalerweise alles, was ihr braucht. Striegel, Kardätsche, Hufkratzer und so weiter. Als Erstes nehmt ihr einen Striegel aus Metall oder Gummi. Damit raut ihr das Fell des Pferdes in vielen kleinen kreisenden Bewegungen auf, und zwar an der linken vorderen Seite beginnend. Das dient dazu, den groben Schmutz zu lösen. Natürlich hat das Pferd auch Stellen, wo es nicht so gerne geputzt wird. Dort müsst ihr besonders behutsam sein.“

„Klingt ganz schön kompliziert“, meinte Tanja und blies ihre ohnehin schon etwas pummeligen Backen auf, sodass sie beinahe aussah wie ein Weihnachtsengel.

„Quatsch!“, mischte sich Carolin ein. „Ist praktisch alles ganz einfach.“

Tim warf ihr einen strengen Blick zu und führte seinen Vortrag fort. „In der anderen Hand haltet ihr die Kardätsche, mit der ihr das Fell nach dem Striegeln wieder glatt streicht. Die empfindlichen Körperteile wie Kopf oder Beine könnt ihr anschließend noch mit einem Fellhandschuh abreiben.“

„Fellhandschuh!“, wiederholte Carolin kichernd. „Das hör ich auch zum ersten Mal.“

„So wäre der Putzvorgang jedenfalls korrekt“, erklärte Tim geschäftig.

Carolin musste sich schwer zusammenreißen, um nicht laut loszuprusten. Wie Tim mitten auf dem Hof stand und dozierte, kam er ihr beinahe vor wie Dr. Hutmacher in der Mathestunde.

„Das kann ich mir nie alles merken“, stöhnte Charlotte.

„Die Augen oder die Nüstern säubert ihr am besten mit einem feuchten Schwamm“, referierte Tim ungerührt weiter. „Mähne und Schweif des Pferdes lassen sich gut mit einem speziellen Mähnenkamm oder einer Bürste kämmen ...“

„Und jetzt üben wir das mal in der Praxis“, unterbrach Carolin Tim grinsend.

Doch so leicht war Tim nicht zu bremsen. „Die Hufe des Pferdes müsst ihr vor und nach dem Reiten kontrollieren und sauber auskratzen. Das ist sehr wichtig. Dazu nehmt ihr den Huf des Pferdes auf und haltet ihn gut fest. Dann kratzt

„Ich mach das“, erklärte Antonia und hob den Striegel auf. „Ich hab bei uns auf dem Reiterhof schon oft Pferde geputzt.“ Sie schielte zu Tim. „Aber es hat sich noch nie so kompliziert angehört.“

„Tim will Pferdewirt werden, daher wollte er uns mit seinem geballten Wissen beeindrucken“, erklärte Carolin.

Während Antonia sich um Marhaba kümmerte, wagten sich nun auch die anderen Mädchen so nach und nach ans Pferdeputzen.

Kichernd beobachtete Carolin, wie Tim ihnen geschäftig Anweisungen erteilte, und bürstete dabei weiterhin liebevoll Sternentänzers Fell.

„Caro?“

„Was gibt's?“ Carolin hielt inne und blickte zu Antonia, die etwas ratlos neben Marhabas Vorderbein kniete.

„Wie bekomm ich Marhaba dazu, dass er den Huf hebt?“

„Sag das dem Gaul doch ganz einfach mal“, feixte Jan, der gerade vorbeikam und Antonias Frage gehört hat.

„Haha!“, machte Antonia, bekam dabei aber ein knallrotes Gesicht.

„Jan hat recht“, nickte Carolin. „Streich einfach mit der linken Hand an der Hinterseite des Pferdebeins herunter und umfasse die Fessel. Dann sagst du: Gib Huf! Die meisten Pferde wissen dann sofort, was du willst, und heben freiwillig den Huf.“

„Wow!“, staunte Antonia und funkelte Jan mit großen Augen an. „Was du alles weißt!“

Carolin lachte in sich hinein. *Ein typischer Fall von Liebe macht blind und taub. Tims wissenschaftlicher Vortrag lässt*

Antonia völlig kalt, eine doofe Bemerkung von Jan und sie hält ihn für einen Pferdeexperten.

Jan formte grinsend eine Blase mit seinem Kaugummi und ließ sie dann geräuschvoll platzen. „Tja, so bin ich! Der größte Pferdeflüsterer weit und breit."

„Pah!" Antonia war immer noch voller Ehrfurcht.

„Und außerdem bin ich der beste Ausmister zwischen Lilienthal und Grünstadt", feixte Jan und marschierte weiter Richtung Stall.

Völlig fasziniert schaute ihm Antonia nach. „Jan ist so cool. Ich hab noch nie einen so megacoolen Jungen getroffen."

Als alle Pferde geputzt und versorgt waren, hatten die Mädchen noch ein bisschen Zeit, sich in ihren Zimmern einzurichten, bevor es im Gemeinschaftsraum Abendessen gab.

Carolin ging in die Küche, in der es dampfte wie in einer Sauna.

Lina und Vicky standen mit dem Rücken zu ihr vor dem Herd und rührten jeweils in einem großen Topf. „Was kocht ihr denn Leckeres?", erkundigte sich Carolin.

„Brennnesselsuppe", antwortete Lina.

„Spaghetti mit Tomatensoße", kam es von Vicky fast gleichzeitig. Sie fuhr herum und fuchtelte mit einem langen Kochlöffel durch die Luft. „Lina glaubt doch allen Ernstes, dass die Mädels Brennnesselsuppe essen." Das Wort Brennnesselsuppe betonte sie so, als würde es sich um Hering mit Marmelade handeln.

Jetzt wirbelte auch Lina herum. Sie hielt ebenfalls einen langen hölzernen Kochlöffel in der Hand. „Warum denn nicht? Schmeckt superlecker."

Vicky verzog den Mund. „Dir vielleicht."

Lina funkelte sie an. „Ich hab extra einen ganzen Rucksack voll Brennnessel mitgebracht. Ich dachte, ich mache dir damit eine Freude."

„Oh ja!", gab Vicky zurück. „Mir und den Mädels. Das ist lieb von dir, Lina. Aber Caro, sag mal, ganz ehrlich, magst du Brennnesselsuppe?"

„Ähm ..." Carolin blickte von Lina zu Vicky und wieder zurück. Beide hatten hochrote Gesichter.

„Brennnessel sind sehr gesund. Sie enthalten viel Eisen, helfen gegen Erschöpfung und schmecken wie Spinat", erklärte Lina kämpferisch.

„Spinat", wiederholte Vicky. „Und welches Kind bitte schön isst gern Spinat? Geschweige denn Spinatsuppe? Huch!" Sie wandte sich um und zog ihren dampfenden Topf vom Herd. „Meine Nudeln kochen über!"

Vom Gang waren Schritte und Gekicher zu hören.

„Die Mädels kommen", rief Carolin. Froh darüber, dass sie nicht weiter nach ihrer Meinung befragt wurde.

Lina nahm ihren großen Topf ebenfalls von der Herdplatte. „Wir servieren eben beides. Und dann sehen wir ja", meinte sie dabei.

Lina hatte zwei Tische im Gemeinschaftsraum schön eingedeckt, neben den Tellern lagen Servietten mit Pferdemotiven. Als alle Mädchen an ihrem Platz saßen, marschierte Lina herum und verteilte große Teller mit Suppe. Danach setzte sie sich neben Carolin. „So!", nickte sie und verschränkte die Arme. „Jetzt geht's gleich los!"

„Ihhh!" Sofie schob ihren Teller ganz weit von sich. „Ich bin voll allergisch gegen Spinat."

Charlotte fischte mit dem Löffel Grünzeug heraus und hielt es hoch. „In meine Suppe ist auch noch eine Brennnessel gefallen."

„Deswegen brennt mein Mund so komisch", stimmte jetzt auch Laura ein und schob ihren Teller weg.

Nur Christina löffelte munter weiter. „Ich weiß gar nicht, was ihr habt. Ich finde die Suppe voll lecker!"

Carolin blickte zu Lina, die ein langes Gesicht machte, dann zu Vicky, die im Türrahmen stand und schmunzelte.

„Das war nur ein kleiner Test, quasi eine Mutprobe für eure Geschmacksnerven, Mädels", erklärte Vicky munter und begann damit, die vollen Suppenteller wegzuräumen. „Jetzt gibt's gleich Spaghetti mit Tomatensoße, das mag doch jede, oder?"

„Ja!", schrien die Mädels im Chor.

Fröhlich ging Vicky in die Küche und holte den nächsten Gang.

„Tja!" Lina zuckte die Schultern. „Dann eben nicht. Und dabei hätte ich so schöne Rezepte für einen Gänseblümchensalat und Holunderlimonade."

„Ich frag mal Sternentänzer, vielleicht hat er Interesse", kicherte Carolin.

Lina tippte sich grinsend an die Stirn, dann stand sie auf und half Vicky beim Austeilen der Nudeln.

Nach dem Abendessen zog sich Carolin bald in den Stall zu Sternentänzer zurück. Nachdenklich strich sie über sein seidenweiches Fell. Die Mädchen hatten sie den Tag über abgelenkt, aber nun wanderten Carolins Gedanken wieder zu ihrer Mutter. Mit einem Mal war alles wieder da. Der Schmerz, die Angst, die Wut, die sie damals empfunden hatte, als ihr Paps sie verlassen hatte. Die Schuldgefühle, ob es vielleicht an ihr gelegen haben könnte, dass er gegangen war. Die rot geweinten Augen ihrer Mutter. Carolin drückte ihr Gesicht in Sternentänzers Fell. *Ich will das alles nicht noch einmal erleben. Einmal ist mehr als genug.*

„Hi, Carolinchen!" Schwungvoll öffnete sich die Boxentür, und plötzlich stand Ferdi vor ihr. Carolin hatte ihn gar nicht kommen gehört. „Schon am ersten Tag erschöpft von der Feriengruppe? … Na, überrascht, mich zu sehen? Der Vater von einem Kumpel hatte in Lilienthal was zu erledigen. Da dachte ich, ich fahr mit und besuche kurz mein Carolinchen!"

Carolin sagte nichts, schluckte nur den dicken Kloß in ihrem Hals hinunter.

Ferdi stutzte. „Was hast du denn?"

„Nichts."

„Nun rück schon raus damit!" Ferdi kannte Carolin gut genug, um zu wissen, dass etwas nicht stimmte.

Carolin holte tief Luft. „Meine Mam befürchtet, dass Jo sie betrügt", erklärte sie leise.

„Wie kommt sie denn da drauf?", wunderte sich Ferdi.

„Florentine hat ihn mit einer hübschen jungen Frau im

Bistro gesehen. Und Lina hat eine junge Frau beobachtet, die ohne Tier seine Praxis aufgesucht hat“, stieß Carolin hervor. „Außerdem hat er gar keine Zeit für meine Mam, obwohl sie jetzt eigentlich viel zu zweit unternehmen wollten. Mam kocht, und er kommt nicht mal zum Essen. Ich will nicht, dass er ihr wehtut.“

„Ach Carolinchen!“ Ferdi legte den Arm um sie und zog sie an sich. Carolin kuschelte sich an seine Schulter. Zärtlich strich Ferdi ihr übers Haar. „Das alles ist noch lange kein Beweis dafür, dass der Doc tatsächlich fremdgeht.“

„Nein?“, schniefte Carolin.

„Nein.“

„Gut.“

„Aber …“

„Aber was?“

„Es sind Verdachtsmomente. Und denen müssen wir eben nachgehen.“

„Wir?“

„Wir“, bestätigte Ferdi. „Ich schlage vor, wir beobachten den Doc.“

„Wie meinst du das?“ Carolin wischte sich über die Augen.

„Na ja, Lina und ich, wir schauen immer mal wieder an der Praxis vorbei, wenn wir Zeit haben. Du kannst ja hier schlecht weg. Wenn da was läuft, werden wir es herausfinden. Aber ich bin sicher, dass da nichts ist.“

„Gute Idee“, fand Carolin.

„Und jetzt will ich mein Carolinchen wieder lächeln sehen. Denn noch gibt es überhaupt keinen Grund, den Kopf hängen zu lassen.“

Wer weiß, dachte Carolin bitter. Doch plötzlich hatte sie eine Idee. *Na klar, das mach ich!,* schoss es ihr durch den Kopf. *In der nächsten Vollmondnacht werde ich mit Sternentänzer ausreiten und ihn befragen. Gleich nachher schau ich nach, wann Vollmond ist …*

Jan holt die Vergangenheit ein

Die erste Ferienwoche verging wie im Flug. Der Reitunterricht mit den Mädchen machte Carolin riesig Spaß, ab und an half sie auch Vicky und Lina in der Küche. Jeden Nachmittag nahm sie sich die Zeit, sattelte ihren Sternentänzer und ritt mit ihm durch die Gegend, abends war sie meist so hundemüde, dass sie einfach nur noch ins Bett sank.

Lina und Ferdi behielten die Praxis von Dr. Sander abwechselnd im Auge, aber bisher war ihnen noch nichts Verdächtiges aufgefallen.

Gerade war Carolin wieder von einem herrlichen Ausritt mit Sternentänzer zurückgekehrt und dabei, den Hengst zu putzen, da hörte sie auf einmal ein merkwürdiges Rascheln. Es kam aus der Box nebenan, die eigentlich leer war. Carolin hielt inne und lauschte. Nichts. Doch dann raschelte es wieder. Sie legte das Putzzeug weg und schlich sich auf Zehenspitzen hinüber. Vorsichtig drückte sie die Boxentür auf und stutzte. In der hintersten Ecke lehnte Jan. Die Hände tief in den Overalltaschen versenkt und wie wild auf seinem Kaugummi kauend.

„Was machst du denn hier?“, wunderte sich Carolin.

„Nichts.“

„Warum versteckst du dich dann in einer leeren Box im Stall?“

„Lass mich einfach in Ruhe, okay!“, fuhr Jan sie an. „Kann man denn nicht einfach mal irgendwo allein sein!?“

„Kein Grund, mich so anzufahren“, gab Carolin zurück und wollte sich zurückziehen.

„Sorry, tut mir leid“, murmelte Jan kleinlaut. „Ich bin einfach ein bisschen durch den Wind.“

„Caro, wo steckst du?“ Linas Stimme schallte durch den Stall.

„Ich bin hier!“

Eine Sekunde später stand Lina neben ihr. „Was macht ihr denn da?“, fragte sie erstaunt.

„Nichts. Jan wollte einfach mal seine Ruhe haben.“

Lina zog Carolin am Ärmel. „Dann lass ihn doch.“ Sie grinste. „Reicht ja schon, dass ihm Antonia den ganzen Tag hinterherstiefelt wie ein Entenjunges seiner Mutter. Komm schon! Vicky will noch was wegen der Einteilung zum Reitunterricht morgen mit dir besprechen.“

Carolin wollte Lina folgen, doch Jan stoppte sie. „Warte bitte mal, Caro.“

Carolin nickte. „Ich komm gleich nach, Lina!“, rief sie der Freundin zu. Dann drehte sie sich zu Jan. „Was gibt's denn?“

„Kannst du reinkommen, ich will nicht so schreien!“

Carolin sah Jan an. Er wirkte angespannt und kaute so energisch auf dem Kaugummi, dass seine Wangenknochen hervortraten. Irgendetwas schien nicht in Ordnung zu sein.

Sie lehnte sich neben ihn gegen die Boxenwand und musterte ihn fragend.

Jan senkte den Blick, schwieg, kaute nur weiter wie ein Weltmeister.

„Du bist doch von Antonia angenervt?", versuchte Carolin schließlich zu scherzen.

„Quatsch!" Endlich schaute Jan auf. „Antonia ist ein total liebes Mädchen. Es geht um was ganz anderes." Er holte tief Luft. „Du erinnerst dich doch noch daran, als ich auf den Hof gekommen bin?"

„Oh ja", nickte Carolin und sah Jan vor sich. Den jungen, schlaksigen Typen mit Bartstoppeln, halblangen blonden Haaren, einer dunkelblauen Wollmütze auf dem Kopf, einem schweren Rucksack auf dem Rücken und in einer Jeans, die mehr Löcher als ein Schweizer Käse hatte. So hatte er sich damals auf Lindenhain als Aushilfe vorgestellt. Anfangs hätte Carolin alles gewettet, dass Gunnar ihn nie im Leben einstellen würde. Hatte er aber doch! Was Carolin erst später erfahren hatte, war, dass Jan Vickys Neffe war. Er hatte eine kriminelle Vergangenheit, war geschnappt worden und in U-Haft gekommen. Der Richter hatte sich gnädig gezeigt, und so war Jan im Rahmen eines Resozialisierungsprogramms als billige Arbeitskraft dann auf Lindenhain gelandet. Das war lange her. Seitdem hatte sich Jan nichts mehr zuschulden kommen lassen. Auf Lindenhain schätzten ihn alle sehr.

Jan schaute wieder auf den Boden. „Damals hatte ich doch so ein paar Probleme mit früheren Kumpels."

„Die Typen aus deiner Gang, die wollten, dass du wieder bei ihnen mitmachst", sagte Carolin.

Die Jungs aus Jans ehemaliger Gang waren damals stinksauer gewesen, weil Jan ausgestiegen war. Sie hatten ihn auf Lindenhain aufgespürt und erpresst. Zuerst hatte sich Jan geweigert. Aber dann hatten sie damit gedroht, die Pferde zu vergiften, wenn Jan kein Geld organisieren würde, und so hatte er sich schließlich erpressen lassen. Carolin und ihre Freunde hatten ihnen dann eine Falle gestellt, in die sie auch prompt hineingetappt waren. So hatte die Polizei sie auf frischer Tat erwischt und festnehmen können.

„Genau die.“ Jan holte tief Luft. „Sie waren wieder da.“

„Wie?“ Carolin starrte Jan entsetzt an. „Wo? Warum?“ Sie fuhr sich mit beiden Händen durch die kurzen Haare. *Es war absolut der Horror damals. Ich war total erleichtert, als die Typen endlich hinter Gitter saßen. Und jetzt? Geht dieser schreckliche Albtraum nun etwa wieder von vorne los?*

„Sie haben mich heute in Lilienthal angehalten“, erzählte Jan bedrückt. „Auf der Straße.“

„Ja, und?“

„Na ja, sie wollten mal nachfragen, ob ich was für sie habe. Ich würde ihnen doch allerhand schulden. Schließlich sei ich ja daran schuld, dass sie wieder in den Knast gewandert seien.“

„Die spinnen wohl!“, empörte sich Carolin. „Das kann doch wohl nicht wahr sein.“

Jan zuckte nur die Achseln.

„Du hast die doch hoffentlich abblitzen lassen!“

Jan grinste schief. „Was denkst du denn? Ich hab denen gleich mit den Bullen gedroht. Die sind dann auch wieder abgedüst. Nur …“

„Was nur?“ Das ungute Gefühl in Carolins Bauch nahm zu.

„Ich bezweifle, dass die ein Nein akzeptieren.“

„Was soll das heißen?“

Jan sah auf. „Ich bin ziemlich sicher, dass die wieder aufkreuzen, Caro. Und deswegen hab ich mir überlegt, dass ich denen Kohle geb, damit die mich endlich in Ruhe lassen. Ich hab ein paar Kröten zusammengespart.“

„Spinnst du?“, fuhr Carolin ihn an. „Das kannst du nicht machen. Geld ist keine Lösung. Wenn du denen einmal was gibst, kommen die immer wieder.“

Jan sagte nichts, formte nur mit seinem Kaugummi eine Blase.

Besorgt legte Carolin eine Hand auf seinen Arm. „Du musst die Polizei einschalten, Jan.“

„Hm, und was soll ich denen sagen? ... Bis jetzt ist ja nichts passiert, da blamier ich mich nur.“ Jan runzelte die Stirn – und, wie um sich selber Mut zu machen, fügte er hinzu: „Vielleicht hat meine Drohung sie ja abgeschreckt.“ Er versuchte, betont locker zu lächeln, und nickte wie zur Bestätigung vor sich hin. „Vielleicht sind die ja längst wieder abgedampft, und das Problem hat sich schon erledigt.“

Kaum saß Carolin am nächsten Morgen am Frühstückstisch und rührte in ihrem Kakao, piepste ihr Handy. Es war eine SMS von Ferdi. „Hi, Carolinchen! Magst du heut mal beim Training zuschauen? Würd mich riiiiiieeeeeesig freuen. Ich hol dich vom Bus ab. Um drei Uhr!?“

Ein Lächeln huschte über Carolins Gesicht. Sie drückte auf Antworten. „Ich komme! Bis später!"

Keine Minute später kam die Antwort. „Juhhhhuuuu!"

Carolin steckte ihr Handy wieder zurück in ihre Jackentasche und machte sich über ihr Schokocremebrot her.

„Kann ich mich zu dir setzen?" Antonia stand mit einem voll beladenen Tablett vor ihrem Tisch.

„Klar, gerne." Carolin ließ den Blick über Antonias Teller wandern. Brot, Honig, Wurst, Käse, Gewürzgurken. „Boah, willst du das etwa alles essen?"

„Logo!" Antonia nickte und bestrich eine Scheibe Brot mit Butter. „Am Morgen hab ich immer richtig Kohldampf."

Carolin nippte an ihrem Kakao. „Ich brauch nach dem Aufstehen ein Schokomüsli oder irgendwas anderes mit ganz viel Schoko."

„Dein Pferd ist das schönste, das ich jemals gesehen habe", meinte Antonia, während sie das Brot mit einer Wurstscheibe belegte. „So elegant, so hell. Und dieser süße schwarze Stern auf der Stirn."

„Stimmt", nickte Carolin. „Ich liebe es auch über alles."

Antonia seufzte. „Ich hätte auch so gerne ein eigenes Pferd. Das muss echt das Größte sein. Etwas, was dir gehört, was immer für dich da ist."

„Oh ja!" Glücklich leerte Carolin ihre Tasse.

„Auf Lindenhain ist es auch voll super. Du hast echt Glück, dass du immer hier sein kannst."

„In der Tat", stimmte Carolin zu.

„Du …?" Antonia fingerte an ihrem Brot herum. „Hat Jan eigentlich eine Freundin? Ich frag nicht wegen mir, sondern …“ Antonia bekam einen roten Kopf und begann zu stottern. „Ich wollte das nur so wissen.“

Carolin musste schmunzeln. Mittlerweile hatte sogar Hofhahn Fridolin mitgekriegt, dass Antonia in Jan verknallt war. „Soweit ich weiß, hat er keine Freundin“, klärte sie Antonia auf.

„Ah so!“ Mit großem Appetit biss die in ihr Wurstbrot. „Ich freu mich schon wieder total auf unseren Reitunterricht“, schmatzte sie.

Carolin schaute auf die Uhr. „Apropos. Ich geh schon mal zu den Pferden.“

Antonia legte ihr Brot ab. „Du Caro! Ich hätte einen gaaaanz großen Wunsch.“

„Was denn?“

„Wär es möglich, dass ich heute mal auf deinem tollen Pferd reite? Geht das?“

Carolin zuckte mit den Schultern. „Na ja!“

„Super!“, jubelte Antonia. „Ich freu mich.“ Sie schob ihren Teller zur Seite. „Ich komm gleich mit.“

„Lass dir ruhig Zeit!“, winkte Carolin ab. „Es dauert noch eine Weile, bis der Reitunterricht beginnt, bis dahin kannst du ganz gelassen frühstücken.“

Nach dem Reitunterricht brachte Carolin Sternentänzer wieder zurück in seine Box. Zärtlich tätschelte sie seinen Hals. „Antonia hat sich gar nicht so doof angestellt, stimmt's, mein Süßer? Sie hat Talent.“ Sie streichelte die samtweichen

Nüstern des Pferdes. „Ich muss mich ein bisschen beeilen, weil ich Ferdi versprochen hab, beim Eishockeytraining zuzugucken."

„Hi, Caro." Jan stand in der Boxentür. Er kaute wieder so heftig auf seinem Kaugummi, als bestreite er einen Wettbewerb.

„Hi, Jan, was gibt's denn?", erkundigte sich Carolin gleich.

Jan blies die Backen auf. „Sie waren wieder da."

„Was?" Carolin wusste sofort, von wem die Rede war.

„Heute Morgen."

„Wo?", fragte Carolin voller Angst vor der Antwort.

„Hier. Auf dem Hof."

Carolin sah Jan fassungslos an. „Auf Lindenhain?" Ein kalter Schauer lief ihr über den Rücken.

Jan nickte.

„Ja … und … was wollten sie?"

„Zoff. Ärger. Kohle. Was weiß ich! Den Hof aufmischen."

„Oh nein! Du musst sofort zur Polizei gehen, Jan."

Etwas hilflos ließ Jan die Schultern hängen. „Ich kann nicht."

„Wieso denn nicht? Du musst!"

„Es geht nicht!" Jan holte tief Luft. „Na ja, weil sie damit gedroht haben, Vickys Baby etwas anzutun, wenn ich sie verpfeife."

Carolin schlug vor Entsetzen eine Hand vor den Mund, um nicht laut aufzuschreien. „Oh mein Gott!"

Als Jan merkte, welch Riesenschreck er Carolin eingejagt hatte, erschauderte er. Auf keinen Fall hatte er sie damit belasten oder gar Angst und Schrecken auf dem Hof verbreiten wollen. Rasch versuchte er, sich zu sammeln und den Vorfall herunterzuspielen. Er richtete sich auf, ließ seine Kaugummiblase betont lässig platzen und machte dann eine abwehrende Handbewegung. „Aber das darf man nicht so ernst nehmen, das sind nur leere Drohungen, weiter nichts.“

„Aber …“

„Vergiss es, Caro! Ein bisschen rumzoffen und die Leute aufmischen, viel mehr wollen die nicht.“

Langsam ließ Carolin ihre Hand wieder sinken. „Und wenn doch?“

„Ach was!“ Jan bemühte sich, seine Stimme entschlossen klingen zu lassen – fast so, als müsse er sich selbst überzeugen. „Ich erklär ihnen, sie sollen abdampfen, und fertig! Irgendwann werden die schon checken, dass hier nichts zu holen ist und wir uns nicht einschüchtern lassen.“ Wie zur Bekräftigung seiner eigenen Worte nickte er ein paar Mal vor sich hin.

„Sicher?“

„Ganz sicher“, bestätigte Jan noch einmal, um Carolin zu beruhigen. Doch insgeheim war sich Jan alles andere als sicher und beschloss daher, fortan auf der Hut zu sein und ein wachsames Auge auf alles zu haben.

Ausflug ins Eisstadion

Auch an diesem Nachmittag wartete Ferdi schon an der Bushaltestelle in Grünstadt, als Carolin ankam. Die große Eishockeytasche stand neben ihm auf dem Boden. Als Carolin aus dem Bus stieg, strahlte er über das ganze Gesicht. „Ich befürchtete schon, du könntest es dir in letzter Minute noch mal anders überlegen“, gestand er.

„Versprochen ist versprochen!“, erklärte Carolin und begrüßte ihn mit einem Küsschen. Sie deutete auf ihre Jacke. „Ich hab extra das Wärmste angezogen, was ich hab.“

Ferdi schulterte seine Tasche. „Ich hätte dir sonst meinen Anorak geliehen.“ Sie überquerten die Straße. „Hier geht der Bus ab, der uns direkt zum Stadion bringt.“ Und kaum hatte Ferdi ausgesprochen, rauschte der Bus auch schon heran. Die beiden setzten sich in die erste Reihe. „Es gibt übrigens nichts Neues“, erzählte er.

„Wie meinst du das?“

„Na, wegen Dr. Sander. Während meiner gestrigen Überwachung kamen ein Meerschweinchen, ein Mops und zwei Kanarienvögel in seine Praxis. Mehr nicht.“

Carolin seufzte tief. „Sieht echt so aus, als würde Mam Gespenster sehen.“ *Aber trotzdem, ich bleib dabei! In der nächsten Vollmondnacht werd ich Sternentänzer befragen. Dann weiß ich es genau,* fügte sie in Gedanken hinzu.

Ferdi erhob sich. „An der nächsten Haltestelle müssen wir raus.“

Nun waren es nur noch ein paar Meter bis zum Grünstädter Eisstadion. Ferdi ging voran durch die Eingangstür, Carolin folgte ihm. Kühle Luft schlug ihr entgegen, und sie zog den Reißverschluss ihrer Jacke bis nach oben.

„Ich lass dir ein Kissen und eine Decke bringen“, versprach Ferdi. Er deutete zur fast menschenleeren Tribüne. „Kannst dich da oben irgendwo hinsetzen. Ich muss mich nur rasch umziehen.“ Damit verschwand er in einem Gang unter der Tribüne.

Carolin suchte sich einen Platz in der Mitte, von dem aus sie alles gut im Blick hatte. Interessiert schaute sie sich um. *Schon ewig her, dass ich mal mit war zum Eishockey. In Ferdis Welt. Die er so liebt wie ich Lindenhain,* dachte sie. Ein Lächeln umspielte ihre Lippen. *Komisch, wir könnten niemals tauschen! Heißt es nicht immer, man soll gleiche Hobbys haben? Aber muss das wirklich sein? Ist es nicht schöner, wenn man ab und zu mal einen Abstecher in die Welt des anderen machen kann?*

Eine Horde grün gekleideter Eishockeyspieler kam auf das Eis. Dazu ein Trainer, der die Tore an der richtigen Stelle positionierte. Ein lauter Pfiff ertönte, und die Spieler jagten über das Eis. So schnell, dass Carolin mit den Augen kaum folgen konnte. Immer hin und her, immer dem Puck nach. Irgendwann streckte die eine Hälfte die Schläger in die Luft. Nummer 26 drehte sich zu Carolin um und warf ihr eine Kusshand zu. *Ferdi!* Carolins Herz machte einen kleinen Sprung – auch wenn in dem rundum gut gepolsterten Eishockeydress mit Helm und Maske nicht viel von ihm zu erkennen war.

Nach dem Training wartete Carolin noch, bis Ferdi frisch geduscht und umgezogen aus seiner Kabine kam. Er eilte hoch zur Tribüne, nahm sie an der Hand und zog sie mit sich. Vor dem Getränkeautomaten machte er halt und holte zwei Becher heißen Kakao heraus. Hand in Hand schlenderten die beiden dann vom Stadion Richtung Innenstadt.

„Deine Uniform steht dir richtig gut“, lobte Carolin.

„Uniform?“, wiederholte Ferdi gespielt empört. „Das ist mein Eishockeydress, gepolstert bis zur Kniescheibe.“

Carolin nickte. „Es hat wirklich Riesenspaß gemacht, dir zuzuschauen.“

Ferdi lächelte und drückte ihre Hand. „Siehst du! Sag ich doch!“

„Das mach ich jetzt öfter, versprochen!“

Ferdis Lächeln wurde noch breiter. „Das würde mich echt freuen, weil ...“ Er stockte.

„Weil was?“

„Weil es zeigt, dass ich dir wichtig bin“, ergänzte er dann leise.

Carolin wandte den Kopf so, dass sie in seine blauen Augen blicken konnte. „Du bist mir sehr, sehr wichtig, Ferdi. Das weißt du doch?“

„Ja.“ Ferdi nickte. „Jetzt wieder.“ Er legte die Stirn in Falten.

„Eine Zeit lang war ich ganz schön eifersüchtig auf Tim.“ Etwas verlegen blickte er auf seine Schuhspitze. „Und wenn ich ganz ehrlich bin, bin ich es immer noch. Ein bisschen.“

„Ey, Ferdi!“ Gut gelaunt knuffte Carolin den Freund in die Seite. „Das kannst du echt knicken! Tim und ich, wir sind supergute Kumpels, aber mehr auch nicht!“

„Sicher?“ Ferdi schielte zu ihr.

Carolin legte den Kopf auf seine Schulter. „Na klar, ich mag Tim, wie … wie Lina … nee, nicht ganz. Lina ist natürlich meine allerallerbeste Freundin. Aber wie einen Kumpel, als ob er ein Mädchen wäre. So halt.“ Sie schmiegte sich fest in Ferdis Arme. „Verstanden?“

Ferdi strich ihr über die Haare. „Verstanden, Carolinchen“, erwiderte er.

Inzwischen hatten sie die Bushaltestelle erreicht. Ferdi sah auf die Uhr. „Hm, der nächste Bus nach Lilienthal fährt erst in einer Stunde.“

„Macht gar nichts“, grinste Carolin und deutete auf die Eisdiele. „Du könntest mich in der Zwischenzeit zu einem Eis einladen. Der perfekte Abschluss nach einem Nachmittag im Eisstadion.“

Ferdi holte zwei Eis in der Tüte, damit setzten sich die beiden in das Wartehäuschen an der Bushaltestelle.

„Und? Alles klar auf Lindenhain?“

Carolin bejahte. „Na klar. Obwohl …“ Sie hielt inne. „Na ja …“

„Was denn?“

Carolin leckte das Eis weg, das aus der Waffel auf die Seite tropfte. „Jan hat ein Problem.“

„Das kann ich mir vorstellen", unterbrach Ferdi sie lachend. „Die Reitstunden mit Tim. Da hätte ich auch ein Problem."

„Nee!" Carolin schleckte jetzt wieder über die oberste Kugel. „Seine alte Gang ist aufgetaucht und macht Ärger."

„Die Typen von damals?"

Carolin nickte. „Genau. Die damals mit seiner Hilfe von der Polizei geschnappt wurden."

Ferdi machte ein bedenkliches Gesicht. „Das hört sich nicht gut an. Gar nicht gut."

„Jan wollte denen glatt schon Kohle anbieten, damit sie verschwinden."

„Vergiss es!", fiel ihr Ferdi ins Wort. „Das bringt überhaupt nichts."

„Hat er auch eingesehen, jedenfalls sind die heute Morgen sogar auf Lindenhain aufgekreuzt und haben offenbar damit gedroht, Vickys Baby was anzutun."

„Was?"

Carolin schnaufte tief. „Ich hab auch einen Riesenschreck bekommen. Aber Jan meint, das müsse man nicht so ernst nehmen." Sie drehte den Kopf zu Ferdi. „Was denkst du?"

„Puh!" Ferdi blies die Backen auf. „Krass! Ich würd das ehrlich gesagt nicht auf die leichte Schulter nehmen, Caro."

„Du glaubst nicht, dass die nur Sprüche klopfen?"

Ferdi nahm Carolin am Arm. „Caro, dass diese Typen keine Schaumschläger sind, haben die schon öfter bewiesen. Jan sollte echt aufpassen." Ferdis Stimme klang ernst. Sehr ernst.

„Und was sollen wir jetzt tun? Oder was soll Jan tun?", fragte Carolin, die merkte, wie besorgt Ferdi war.

„Puh!“ Ferdi warf die Eiswaffel in den Abfalleimer neben der Bushaltestelle.

In diesem Moment rauschte der Bus an.

Carolin stand auf und knusperte rasch den letzten Rest der Eiswaffel.

Ferdi legte liebevoll die Arme um sie. „Ich überleg mir was, versprochen.“

Carolin kuschelte sich in seine Umarmung, dann machte sie sich los und stieg in den Bus.

Nachdenklich war Carolin von der Bushaltestelle in Lilienthal zurück nach Lindenhain geradelt. Eigentlich hatte sie gehofft, dass Ferdi abwinken und beschwichtigen würde. Aber seine Worte und sein Gesichtsausdruck waren alles andere als beruhigend gewesen.

„Caro!“

Carolin schreckte aus ihren Gedanken auf. Sie hatte gar nicht gemerkt, dass sie inzwischen schon mitten auf dem Reiterhof stand.

Lina zupfte an ihrem Ärmel und streckte ihr eine Postkarte entgegen. „Hier! Post für dich. Hat deine Mutter vorhin vorbeigebracht.“

„Meine Mutter?“, wunderte sich Carolin. „Kam extra hierher, um mir eine Postkarte zu bringen? Komisch! Und wie war sie drauf?“

Lina zuckte die Achseln. „Ganz normal würd ich sagen.“ Sie schulterte ihren Rucksack. „Du, ich muss los! Ami wartet bestimmt schon, wir wollen gemeinsam das Reh füttern. Ich bin so froh, dass Ami sich nun um das Kitz kümmert. Es kommt langsam wieder zu Kräften. Bis Morgen dann." Damit düste sie ab.

Zum Glück! Was bin ich froh, dass es dem Bambi endlich besser geht!, dachte Carolin etwas erleichtert. *Zumindest eine Sorge weniger!* Sie stieß einen tiefen Seufzer aus und hing eine Weile ihren Gedanken nach, bevor sie schließlich die Postkarte genauer betrachtete.

Ihre Großmutter, Helena von Borken, hatte ihr geschrieben. Aus Norddeutschland. Carolin las die Postkarte und schob sie in ihre Jackentasche. Sie beschloss, Frau von Borken in den nächsten Tagen mal anzurufen und sich zu bedanken. *Schon komisch, dass Mam extra wegen einer Karte nach Lindenhain kommt!? Ob ihr vielleicht langweilig ist ohne uns?,* grübelte Carolin. *Oder, was ich vielmehr glaube, sie ist durch die Sache mit Jo total durch den Wind. Arme Mam!* … Besorgt nagte Carolin auf ihrer Unterlippe. *Es brennt grad wirklich an allen Ecken,* dachte sie weiter. *Mam … dann die Sache mit Jans Gang …* „Jan sollte echt aufpassen", hallten plötzlich Ferdis Worte in ihrem Ohr.

Nachdenklich betrat Carolin wenig später das Gästehaus und ging nach oben in ihr Zimmer. Ihre Gedanken kreisten weiterhin abwechselnd um ihre Mutter und um Jan. Etwas ratlos lehnte sie sich gegen das Fenster. *Was soll das mit Jan und den Typen seiner Exgang werden? Sind sie so harmlos, wie Jan tut, oder hat Ferdi mit seiner Vorsicht recht?* Mit einem etwas mulmigen Gefühl im Bauch ließ Carolin ihren Blick über den Reiterhof schweifen.

Ein fieser Auftritt sorgt für Aufregung

Als Carolin am übernächsten Morgen nach unten in den Frühstücksraum kam, traute sie kaum ihren Augen. An einem der hinteren Tische saß Ferdi und löffelte in aller Ruhe sein Müsli.

Carolin lief auf ihn zu. „Was machst du denn hier?“

„Frühstücken“, grinste er breit.

„Ja, schon, aber …“ Carolin setzte sich neben ihn. „Ich mein, wieso hier und nicht in Grünstadt?“

Ferdi grinste noch breiter. „Weil ich ab jetzt auch hier wohne.“

„Was?“ Carolin machte große Augen.

„Vorübergehend, nur für die restlichen Ferientage.“ Ferdi legte den Müslilöffel beiseite und sah Carolin an. „Ich hab doch versprochen, dass ich mir wegen Jan und seines Problems was überlege.“

„Ja, aber …“

„Und ich dachte, das Beste wäre, wenn ich vor Ort sein würde. Ich hab daher gestern mit Gunnar gesprochen, und er war einverstanden.“

„Boah, das ist ja super!“, freute sich Carolin. „Mensch, Ferdi! Endlich bist du wieder zurück auf Lindenhain!“

„Nur für die Ferien, Caro“, bremste Ferdi ihre Freude.

„Trotzdem.“ Carolin drückte ihm einen dicken Schmatz auf die Wange. „Willkommen zurück, Ferdi!“

„Caro.“

Carolin spürte, dass ihr jemand auf den Rücken tippte. Sie fuhr herum. Es war Tanja. „Hi, Caro“, murmelte sie. „Hast du vielleicht zufällig mein silbernes Armband irgendwo gesehen? Zum Reitunterricht nehme ich es immer ab, weil es so laut klimpert. Ich hab es in das Regal in der Sattelkammer gelegt.“

„Ja und?“

„Jetzt ist es aber nicht mehr da. Es ist wie vom Erdboden verschluckt.“

Carolin runzelte die Stirn und überlegte. „Vielleicht ist es ja runtergefallen?“

Tanja schüttelte den Kopf. „Ich hab aber schon überall danach gesucht. Es ist ein Geschenk von meiner Mutter und …“

„Wir suchen gleich nachher alle zusammen“, schlug Carolin vor. „Dann werden wir es schon finden.“

„Okay, vielen Dank“, meinte Tanja etwas beruhigt und ging zum Frühstücksbuffet.

Ferdi nahm seine Müslischüssel und erhob sich ebenfalls. „Klingt schon etwas merkwürdig“, stellte er fest.

„Was meinst du?“

„Dass plötzlich Schmuck verschwindet!“

Carolin nickte leicht abwesend und eilte nach draußen.

Urplötzlich überkam sie ein böser Verdacht. *Hat die Exgang von Jan vielleicht damit was zu tun?* Geschwind lief sie über den Hof in den Stall. Jan kam ihr mit einem großen Ballen Stroh entgegen.

„Morgen, Jan!"

„Morgen!", brummelte er kurz angebunden. Er sah nicht gut aus. Offenbar hatte er schlecht geschlafen. Unter seinen Augen hingen tiefe Schatten, sein Gesichtsausdruck war mürrisch.

Carolin packte ihn am Arm. „Haben die sich inzwischen wieder gemeldet?"

Jan ließ von dem Strohballen ab und nickte leicht. „Ja, gestern Nachmittag war noch mal einer von ihnen hier."

„Was? Und was wollte er?"

Jan kaute heftig auf seinem Kaugummi. „Nichts. Er marschierte auf dem Hof rum. Einfach so." Jan rollte den Strohballen ein Stück weiter. Er umfasste ihn dabei so heftig, dass seine Fingerknochen hell hervortraten. „Vicky saß mit dem Baby unter der Linde. Er spazierte vorbei und sah sich die kleine Luisa an. Vicky hat er erzählt, er sei ein Freund von mir."

Carolins Herz krampfte sich zusammen. „Das gibt's doch gar nicht. Und was hast du unternommen?"

„Nichts!" Jan rupfte nervös ein paar Strohhalme heraus. „Ich wollte Vicky nicht beunruhigen."

Na toll! Carolin biss sich auf die Unterlippe. „Und jetzt?"

Jan sagte nichts, griff stattdessen nach dem Strohballen und schob ihn weiter.

Carolin betrat Sternentänzers Box. Der Gedanke, dass sich

diese Typen auf dem Hof herumtrieben, jagte ihr mächtig Angst ein. Dennoch versuchte sie, sich zusammenzureißen. Sie drückte ihren Kopf gegen Sternentänzers seidenweiches Fell und spürte – wie immer, wenn sie ihrem herrlichen Pferd nahe war –, wie sie langsam ruhiger wurde. Nach einer Weile löste sie sich, schnaufte ein paar Mal tief durch und sagte: „So, mein Süßer, ich muss jetzt leider los. Zum Reitunterricht der Mädels, aber heut Nachmittag reiten wir beide aus. Versprochen!"

Carolin hatte gerade die Tür zu Sternentänzers Box geschlossen, als plötzlich von draußen ein lautes, metallenes Geräusch ertönte. Dann waren Stimmen zu hören. Tiefe, männliche Stimmen, unbekannte Stimmen. Carolin flitzte die Stallgasse entlang und hinaus auf den Hof. Drei muskulöse junge Männer, die Basecaps tief ins Gesicht gezogen, hatten sich vor Jan aufgebaut, neben Jan lag die umgekippte Mistkarre. Einer der Typen holte gerade mit dem Bein aus und trat gegen die Karre. „Jan und Mist, das passt doch super zusammen", höhnten die anderen.

„Haut ab, lasst mich endlich in Ruhe!", rief Jan.

Ein anderer trat gegen die Karre. „Jan will seinen Mist allein machen", spottete der.

Carolin stand einen Moment wie angewurzelt da. Dann rannte sie auf die Gruppe zu. „Verschwindet! Lasst Jan in Ruhe!", kreischte sie. „Verschwindet!"

Die drei guckten sie an und verzogen spöttisch die Gesichter. „Unser Jan braucht schon Hilfe von einem Mädchen", witzelte einer und klatschte seinem Nebenmann auf den Rücken. „Megacool!"

Ausgerechnet da kamen einige der Reitschülerinnen aus dem Gästehaus direkt auf sie zu.

Ein Mädchen deutete auf die umgefallene Schubkarre und den Mist am Boden. „Was ist denn hier passiert?"

„Ist umgekippt", murmelte Jan mit zusammengepressten Lippen.

Der Typ, der zuletzt gegen die Karre getreten hatte, verschränkte die Arme. „Gar nicht so einfach, eine Mistkarre zu schieben", spottete er. „Aber für einen kleinen Dieb ist es eben schwierig, einen Job zu finden", fügte er mit einem hämischen Grinsen hinzu.

„Jan, der kleine Dieb." Die anderen beiden brachen in schallendes Gelächter aus. „Einmal Dieb, immer Dieb! Einmal Mistkutscher, immer Mistkutscher!"

Die Mädchen tauschten verunsicherte Blicke.

„Halt bloß die Schnauze!", presste Jan hervor. Sein Kopf war inzwischen hochrot. Er war kurz davor, zu explodieren.

Bedrohlich nahe stellte sich einer der Typen vor Jan hin. „Unser Besuch ist für heute beendet", sagte er. „Aber denk dran: Ein Wort zur Polizei und wir statten dem süßen kleinen Baby einen Privatbesuch ab." Damit wandte er sich um, und die drei verließen den Hof.

Jan stand für Sekunden wie gelähmt da und schaute ihnen nach. Dann fasste er sich und nickte Carolin zu. „Der Reitunterricht kann beginnen."

Carolin löste sich aus ihrer Schockstarre und schob die Mädchen sanft Richtung Stall, um die Schulpferde zu satteln. Einmal schaute sie sich noch um. Jan hatte die Schubkarre wieder aufgerichtet und stieß die Mistgabel, mit der er den herumliegenden Mist aufhob, mit einer solchen Wucht in den Boden, als wolle er Kleinholz daraus machen. Sein Zorn schien gewaltig.

Beim Mittagessen im Gemeinschaftsraum blieb Jans Platz leer. Auch Carolin hatte keinen Appetit. Lustlos stocherte sie in dem Gemüseauflauf herum, pickte eine Möhrenscheibe heraus, schob sie dann wieder von der Gabel.

„Sag bloß, dir schmeckt unser köstlicher Auflauf nicht?!", zog Lina sie auf, die neben ihr saß. „Haben Vicky und ich mit so viel Liebe und Können zubereitet. Nach einem ganz neuen Rezept."

Carolin zwang sich, eine Gabel voll zu essen. „Lecker."

„Toll, dass Ferdi wieder hier eingezogen ist", schmatzte Lina vergnügt. „Wo ist er überhaupt?"

„Beim Eishockeytraining."

Lina legte die Gabel beiseite. „Na, erzähl schon, welche Laus ist dir denn über die Leber gelaufen?"

Carolin atmete tief durch, dann rückte sie ganz nah zu Lina und berichtete ihr im Flüsterton, was am Morgen geschehen war.

„Verdammter Mist!", entfuhr es Lina. „So eine Frechheit!"

„Kannst du laut sagen", brummte Carolin.

Lina blickte hinüber zu dem Tisch, an dem Antonia, Tanja, Laura und Christina saßen. „Und die vier haben das alles mitgekriegt?"

„Leider."

„Das kann sich Jan echt nicht gefallen lassen“, schimpfte Lina. „Er muss zur Polizei gehen. Die Typen dürfen nicht weiter frei herumlaufen, die gehören hinter Schloss und Riegel.“

Carolin schob ihren noch fast vollen Teller weit von sich. „Schon, aber dazu müsste man sie quasi auf frischer Tat überführen, und so leicht gelingt es uns bestimmt nicht noch mal, ihnen eine Falle zu stellen. Zum anderen gab es damals Vickys Baby noch nicht. Es ist noch so klein und schutzlos. Jan will da nichts riskieren. Und das kann ich gut verstehen.“

Lina stand auf, räumte die Teller vom Tisch und brachte sie in die Küche. Danach befreite sie die anderen Tische vom schmutzigen Geschirr. Mit einem Tablett voll Tiramisu kam sie anschließend wieder aus der Küche und teilte den Nachtisch aus. „Hammer!“, meinte sie, als sie sich mit düsterem Blick wieder zu Carolin an den Tisch setzte.

Carolin grub mit der Gabel kleine Löcher in den Nachtisch. „Was ist denn?“

„Die vier Mädchen unterhalten sich gerade über Jan und darüber, dass er als Dieb bezeichnet wurde.“

Carolin rollte mit den Augen. „Ja, war echt blöd, dass die ausgerechnet da anrücken mussten.“ Sie holte tief Luft. „Aber die Mädels werden sich schon wieder beruhigen.“

Lina nahm einen Löffel voll Tiramisu. „Sie erwähnten auch gestohlenen Schmuck, weißt du was davon?“

„Oh nein!“ Carolin schlug sich mit der flachen Hand gegen die Stirn. „Das hab ich ja total vergessen. Ist ja klar, dass …“

„Du sprichst in Rätseln." Lina verspeiste immer noch mit großem Genuss ihr Tiramisu. „Ich weiß, Eigenlob stinkt, aber der Nachtisch schmeckt super."

Carolin drehte sich zu Lina und packte sie am Arm. „Tanja vermisst ihr silbernes Armband. Wir haben schon danach gesucht, aber nichts gefunden. Ich hatte ja gehofft, dass sie es einfach nur verlegt hat und es bald wieder auftaucht, aber jetzt ..."

„Jetzt vermuten die natürlich, dass Jan es geklaut hat", ergänzte Lina, ließ den Löffel sinken und schob das Tiramisu von sich. Sie stand auf. „Komm, wir müssen mit Jan reden. Weißt du, wo er steckt?"

„Keine Ahnung!"

Die beiden Freundinnen eilten nach draußen und machten sich auf die Suche nach Jan. Was sie nicht bemerkten, war, dass Antonia sie vom Fenster aus höchst aufmerksam beobachtete.

Sie fanden Jan schließlich draußen am Weidegatter. Wie ein Häufchen Elend kauerte er im Schneidersitz im Gras und reparierte eine brüchige Stelle im Zaun.

Carolin und Lina setzten sich zu ihm. „Ich hab Lina alles erzählt", begann Carolin.

Jan nickte vor sich hin.

„Unfassbar, wie man so fies drauf sein kann", wütete Lina.

Jan sah sie kurz an. „Die sind noch ganz anders drauf, das kannst du mir glauben."

Carolin fuhr sich mit beiden Händen durch die Haare. „Und was sollen wir jetzt machen?"

Jan schleuderte sein Werkzeug ins Gras. „Wenn ich das nur wüsste!", fauchte er aufgebracht. „Ich zerbrech mir schon die ganze Zeit den Kopf. Zur Polizei gehen bringt nicht viel, noch haben sie nichts angestellt. Und wenn sie rauskriegen würden, dass ich bei den Bullen war …" Er stockte. „Das Einzige, was ich tun kann, ist, Vicky und die Kleine immer gut im Auge zu behalten."

Lina fischte eine Haarsträhne nach vorne und wickelte sie um den Finger.

Jan griff wieder nach Werkzeug. „Ich kann nur hoffen, dass die Jungs sich irgendwann wieder verziehen. Es bringt ihnen ja nicht viel, hier nur rumzudrohen. Ist ja nichts zu holen."

Carolin und Lina wechselten vielsagende Blicke. Jan wusste offenbar nichts von dem vermissten Armband, und auch ohne Worte waren sich die beiden Freundinnen darüber einig, dass es besser war, ihm nichts davon zu erzählen. Sie standen auf und gingen zurück in den Gemeinschaftsraum zu den anderen. In der Haustür kam ihnen Laura entgegen. Völlig aufgelöst. „Mein Handyanhänger ist weg."

„Wie?"

„Weg, einfach weg! Verschwunden. Vor dem Essen war er noch an meinem Handy, jetzt ist er weg. Der war wertvoll." Laura war den Tränen nahe.

„Aber …"

Laura hob den Kopf und spähte über den Hof. „Wo ist eigentlich Jan?", fragte sie misstrauisch.

Carolin begriff sofort. „Oh nein, Laura. Das kannst du vergessen. Jan war es nicht."

„Ach ja", polterte Laura los. „Und wie willst du das wissen? Schließlich hat er ja wohl schon mal …"

„Halt! Moment!", fiel ihr nun Lina ins Wort. „Vor dem Essen baumelte der Anhänger noch an deinem Handy, richtig?", fasste sie zusammen.

Laura nickte.

„Nach dem Essen war er weg, also muss er im Gemeinschaftsraum verloren gegangen sein."

Laura nickte wieder.

„Damit kann es Jan definitiv nicht gewesen sein, weil er die ganze Zeit drüben auf der Weide war. Alles klar!" Lina funkelte Laura an.

Das Mädchen blickte zerknirscht drein. „Schon klar. Aber wer dann?"

„Das werden wir schon noch herausfinden", grummelte Carolin.

Als Laura drüben im Ferienhaus verschwunden war, sah Carolin Lina ratlos an. „Das check ich jetzt aber auch nicht."

„Was denn?"

„Wer diesen Handyanhänger gemopst haben soll? Keiner aus dieser Gang kann in der Mittagspause unbeobachtet in den Gemeinschaftsraum gelangt sein. Das wär voll aufgefallen, es war immer jemand drin."

Lina schüttelte den Kopf. „Nee, das geht echt nicht! Sehr seltsam das Ganze."

„Hallo, ihr zwei!" Antonia kam aus dem Gang auf sie zugeschlendert. „Es fehlt schon wieder was, ihr habt schon davon gehört?“ Das Mädchen strahlte über das ganze Gesicht – gerade so, als habe es soeben eine richtig gute Nachricht verkündet.

„Haben wir“, bejahte Carolin, etwas verwundert über Antonias gute Laune.

„Klärt sich bestimmt bald auf“, fügte Antonia dann noch hinzu und hüpfte nach draußen.

Lina schaute auf die Uhr. „Mist, Ami wartet auf mich! Caro, kannst du netterweise meinen Abwasch in der Küche übernehmen?“

Carolin willigte ein. „Mach ich.“

„Okay, bis morgen.“ Lina wollte lossausen, aber Carolin hielt sie am Arm zurück. „Du schaust doch heute noch mal an der Praxis vom Doc vorbei, oder?“

„Mach ich, wie jeden Tag.“ Sie zwinkerte Carolin zu. „Aber bisher sind da nur unverdächtige Personen mit Tieren reinspaziert. Scheint wohl ein völlig falscher Alarm zu sein.“

„Mam hat sich zum Glück auch wieder beruhigt. Ich hab gestern lang mit ihr telefoniert“, fügte Carolin hinzu. Dann winkte sie Lina kurz zu und lief in die Küche, in der es gerade ziemlich verbrannt roch.

„Vicky?“

„Ich weiß“, kam es etwas kläglich zurück. „Ich sollte es einfach sein lassen.“ Vicky stand, die Arme in die Hüften gestemmt, vor dem geöffneten Backofen und blickte auf eine Kuchenform, in der ein dunkles, verkohltes Etwas lag und heftig dampfte.

Carolin platzte los. „Sag bloß, du hast mal wieder probiert, einen Kuchen zu backen?“

Zu den wenigen Dingen, die Vicky überhaupt nicht konnte, gehörte das Kuchenbacken. Und dabei backte sie für ihr Leben gern. Vicky zuckte die Achseln. „Ich dachte, es wäre schön für die Mädels, am Nachmittag zum Kakao einen frischen, selbst gebackenen Marmorkuchen zu haben“, gab sie geknickt zurück.

„Also so einen bestimmt nicht!“, meinte Carolin und konnte sich ein Schmunzeln nicht verkneifen. „Der ist ja ganz schwarz. Und Marmorkuchen sind doch normalerweise schwarz-weiß.“

Vicky schüttelte resigniert den Kopf, nahm einen dicken Topflappen und beförderte den Kuchen samt Form in den Abfalleimer. „Dann gibt's eben wieder Eis mit Sahne“, erklärte sie schulterzuckend.

Haltet den Dieb!

Am Nachmittag unternahmen Carolin und Tim mit ihren Reitschülerinnen einen kleinen Ausritt. Die Mädchen saßen inzwischen so sicher im Sattel, dass sie es problemlos wagen konnten. Und es machte allen riesigen Spaß, über die Felder und Wiesen zu reiten. Als sie zurück auf dem Hof waren, strahlten die Mädchen über das ganze Gesicht.

„Das war so toll!“, schwärmte Marie. „Mein Pferd war richtig schnell, und ich bin trotzdem gut klargekommen.“

„Meine Eltern werden Augen machen“, freute sich auch Antonia.

„Und ich will jetzt ein eigenes Pferd“, grinste Sofie. „Damit ich das nicht verlerne, was ich hier gelernt habe.“

Gemeinsam brachten sie die Pferde zurück in den Stall, rieben sie trocken und versorgten sie mit Futter und frischem Wasser. Als sie den Stall verließen, sah sich Antonia suchend um. „Wo ist eigentlich Jan?“

„Er wollte noch in die Stadt zum Einkaufen“, erklärte Tim.

„Er ist also gar nicht da?“, hakte Antonia nach.

„Nee!“

„War er denn schon weg, als wir losgeritten sind?"

Carolin bejahte. „Ich glaub schon, er fährt immer etwa um die gleiche Zeit."

„Jan ist also nicht da. Er war also die ganze Zeit über nicht da", wiederholte Antonia dann laut. So laut, dass sie sicher sein konnte, dass es die anderen Mädchen, die hinter ihnen gingen, auch hörten.

„Sagte ich doch gerade eben." Carolin blieb stehen und sah auf die Uhr. „Kurze Verschnaufpause, Mädels, dann macht Tim noch ein bisschen Theorie mit euch."

Carolin lief hinüber zum Gästehaus und hoch in ihr Zimmer. Sie lag noch keine Minute auf ihrem Bett, da wurde schwungvoll die Tür aufgerissen.

„Mein iPod ist weg", kreischte Sofie.

„Wie?" Carolin richtete sich auf.

„Mein iPod ist weg. Verschwunden. Vor dem Ausritt war er noch da. Ich hab Musik gehört, dann sind wir los und ich hab ihn auf dem Bett liegen gelassen."

„Verdammt!" Carolin knabberte an ihrer Unterlippe. „Bist du sicher?"

„Natürlich", rief Sofie aufgebracht. „Was denkst du denn!"

Etwas ratlos tigerte Carolin in ihrem Zimmer herum. „Ob das die Gang war? Ob die sich heimlich reingeschlichen haben?", murmelte sie halblaut vor sich hin.

„Was ist denn los?" Neugierig kam Antonia ins Zimmer.

„Mein iPod ist verschwunden", klagte Sofie.

„Echt? Wann denn?", wollte Antonia wissen.

„Irgendwann. Ist doch voll egal wann! Weg ist weg", jammerte Sofie.

„Wann?“, beharrte Antonia. „In der Zeit, in der wir weg waren, oder?“

„Ja, kann schon sein. Ist doch völlig unwichtig.“

„Ist es nicht.“ Antonia packte sie am Arm. „Überleg mal, wenn der iPod in der Zeit gestohlen wurde, in der wir ausgeritten sind, kann es nicht Jan gewesen sein. Weil er da gar nicht auf dem Hof war. Er war beim Einkaufen.“

Carolin sah Antonia verwundert an. *Stimmt! Aber wie kommt sie jetzt da drauf?*

Sofie machte sich los. „Na und? Ich will jedenfalls meinen iPod zurück, da waren so viele coole Songs drauf.“

Carolin versuchte, sie zu beschwichtigen – so gut es ging. „Der taucht schon wieder auf.“ Sie zögerte einen Moment. „Aber jetzt kommt, die anderen warten bestimmt schon.“ Damit winkte sie die Mädchen mit sich aus dem Raum.

Bei der anschließenden Theoriestunde erzählte Tim den Mädchen einiges über Ausrüstung, Sättel und Zaumzeuge. Selbst Carolin war beeindruckt, was er alles wusste. Nach dem Abendessen versammelten sich alle noch zu einem Spieleabend. Danach war Carolin so müde, dass sie nur noch ins Bett und in einen tiefen, traumlosen Schlaf fiel.

Am übernächsten Tag wurde Carolin von lautem, kräftigem Klopfen geweckt. Sie schreckte hoch, rieb sich die Augen, sprang aus dem Bett, riss die Tür auf und blickte in Vickys grinsendes Gesicht.

„Guten Morgen, du Schlafmütze! Es ist bereits zehn Uhr,

du hast verpennt. Die Mädels sind schon auf dem Reitplatz und warten sehnsüchtig auf ihre Reitlehrerin."

„Oh nein!" Carolin sah Vicky zerknirscht an. „Sorry."

„Macht nichts, noch ein paar Tage, dann hast du es geschafft. Bald reisen unsere Gäste ja wieder ab." Sie seufzte. „Wird auch gut sein, so langsam komm ich mir schon vor wie eine Küchenmamsell."

Carolin grinste. „Ich bin in fünf Minuten unten."

Vicky wollte gerade gehen, als plötzlich ein merkwürdiges Geräusch aus dem Nebenzimmer kam. Es hörte sich an, als wäre ein Stuhl umgefallen und auf den Boden geknallt. „Komisch!", wunderte sich Vicky. „Die Mädels sind doch alle unten?"

Das sind die Jungs von der Gang, schoss es Carolin durch den Kopf. *Bestimmt durchsuchen sie gerade das Zimmer und … verflixt!*

„Ich guck mal nach", beschloss Vicky.

„Nein!", platzte es aus Carolin heraus. *Dann sehen sie dich und erinnern sich an das Baby – und tun ihm vielleicht was an.*

„Aber natürlich", beharrte Vicky und setzte sich schon in Bewegung. Carolin, barfuß und noch im Schlafanzug, lief hinterher.

Vicky klopfte an die Tür. „Hallo, ist da jemand?"

Nichts.

Vicky klopfte energischer. „Hallo, ist da wer?"

Wieder nichts. Entschlossen drückte sie die Klinke und betrat das Zimmer.

Carolin ihr nach. Auf den ersten Blick war gar nichts zu

sehen. Nicht einmal ein umgekippter Stuhl. Alles schien ordentlich und aufgeräumt.

„Jetzt hören wir schon Gespenster!", stellte Vicky fest und wollte das Zimmer wieder verlassen.

Carolin spähte noch einmal im Zimmer umher, plötzlich wurde sie stutzig. Es kam ihr vor, als würde sich der Vorhang bewegen. Ganz leicht nur, aber ... Carolin machte ein paar schnelle Schritte auf den Vorhang zu und riss ihn zur Seite. „Ach nee!"

Auch Vicky schaute ziemlich überrascht drein. „Was ...?"

Hinter dem Vorhang stand Antonia. Mit schuldbewusstem Gesicht und einem Geldbeutel in der Hand.

„Ich wette, der gehört nicht dir!" Carolin riss ihr den Geldbeutel aus der Hand.

„Es ist nicht so, wie du denkst", stammelte Antonia.

„Ach ja? Du versteckst dich hinter dem Vorhang, weil du deine Ruhe haben willst, oder was?", fauchte Carolin sie an.

„Ich bin keine Diebin", wehrte sich Antonia.

„Und was hast du mit dem Geldbeutel vor?", wollte Vicky wissen.

„Und was ist mit den anderen Sachen? Hast du die auch geklaut?", wollte Carolin aufgebracht wissen.

Ziemlich entspannt für eine aufgeflogene Diebin ließ sich Antonia auf das Bett fallen. „Ich hab den Handyanhänger und den iPod. Das Armband nicht."

Carolin starrte das Mädchen fassungslos an. „Und das gibst du einfach so zu?"

„Ja klar!" Antonia zog die Schultern hoch. „War ja für einen guten Zweck."

„Ich fass es nicht." Carolin konnte nur den Kopf schütteln. „Das hätte ich echt nicht von dir gedacht."

„Warte mal, Caro", meinte Vicky. „Jetzt lass sie doch mal erklären."

„Was gibt's da noch zu erklären? Sie bestiehlt ihre Freundinnen und hofft, dass der Verdacht auf Jan fällt."

„Eben nicht", trumpfte Antonia auf.

„Eben nicht?", fragten Carolin und Vicky gleichzeitig.

„Also." Antonia holte tief Luft. „Genau darum hab ich die Sachen ja gemopst."

Vicky schüttelte den Kopf. „Echt, ich versteh kein Wort!"

„Ich auch nicht", musste Carolin gestehen.

„Nun, seit diese fiesen Typen hier waren und Jan als Dieb hingestellt haben, glaubt doch jeder, dass Jan ein Dieb wäre. Und jeder hat Jan verdächtigt, als das Armband weg war", begann Antonia. „Und ..."

„Welche fiesen Typen?", unterbrach Vicky sie, die von dem Vorfall nichts mitbekommen hatte.

Carolin klärte sie rasch auf.

Entsetzt riss Vicky die Augen auf. „Oh mein Gott! Der Typ, der sich als Jans Freund ausgegeben hat ..."

„War einer von ihnen", ergänzte Carolin. „Red weiter", forderte sie Antonia auf.

Antonia schlug die Beine übereinander. „Mein Plan war, dass ich Zeugs in der Zeit klaue, in der Jan nicht da ist oder wenn jemand bei ihm ist." Triumphierend blickte sie von Carolin zu Vicky. „Somit kann man ihn nicht beschuldigen. Ist das nicht ein genialer Plan?!"

„Mensch, Antonia!" Vicky setzte sich zu Antonia aufs Bett

und nahm eine Hand des Mädchens. „Es spricht natürlich für dich, dass du dich so für Jan einsetzt, aber eine solche Aktion kann ich nicht gutheißen.“

„Aber …“

„Mädchen, du hast gestohlen – und egal, aus welchem Grund, das ist nicht zu akzeptieren“, tadelte Vicky sie.

Antonia machte sich los, lief in ihr Zimmer und kam mit zwei kleinen durchsichtigen Tüten zurück. In einer Tüte steckte der Handyanhänger. An der Außenseite klebte ein gelber Zettel, darauf stand *Laura*. In der anderen Tüte war der iPod. Der Aufkleber darauf war mit *Sofie* beschriftet. „Hier, alles sorgfältig aufbewahrt. Ich geb es den beiden ja auch wieder zurück.“

Vicky nickte. „Ja, und zwar jetzt gleich.“

„Aber …“

„Nichts aber! Und zwar auf der Stelle.“

Antonia erhob sich etwas zögerlich. „Ihr verpetzt mich doch nicht bei den anderen, oder?“, fragte sie etwas bang.

Vicky schwieg.

„Also ich finde, Antonia ist keine richtige Diebin“, sagte Carolin. „Sie hat das ja nur getan, um Jan zu schützen, und daher …“

Vicky schwieg weiter.

„Ich geb auch alles zurück. Ich leg's irgendwohin, sodass man glaubt, es sei runtergefallen, ja?“ Antonia blickte Vicky flehentlich an. „In Ordnung, Vicky? Bitte verrat mich nicht.“

Mit einem tiefen Seufzer erhob sich Vicky schließlich. „Also gut, Antonia.“

„Echt nett, danke!“

„Aber nur, wenn du versprichst, dass du damit aufhörst." Vicky sah sie streng an.

„Ja klar, mach ich! Und ich bring den Kram gleich weg." Damit wetzte sie aus dem Zimmer.

Carolin wollte hinterher, doch Vicky hielt sie am Arm fest. „Momentchen!"

Carolin deutete auf ihren Schlafanzug. „Ich wollte mich nur schnell anziehen."

„Warum sagt mir eigentlich niemand etwas davon, wenn sich Jans ehemalige Gang bei uns auf dem Hof rumtreibt?"

„Weil …", begann Carolin und stockte dann.

„Weil was?"

„Frag doch Jan!"

„Ich frag aber dich."

„Weil die gedroht haben, dir und dem Baby was anzutun", gestand Carolin schließlich.

Mit einem Mal wurde Vicky kreidebleich. Dann atmete sie tief durch.

„Siehst du, du hast auch Angst!", meinte Carolin leise.

Vicky versuchte, ruhig zu bleiben, und straffte die Schultern. „Das sind kleine Gangster, Caro, keine Schwerkriminellen", sagte sie dann bemüht gelassen – mehr zu sich selbst als zu Carolin. „Die tun doch einem kleinen Kind nichts zuleide." Mit jedem Wort wurde ihre Stimme fester – so, als müsse sie sich selbst davon überzeugen und die Drohung herunterspielen.

„Aber …"

„Ach komm! Ist ja nett, dass ihr euch um die Kleine sorgt, aber …"

„Jan hat sich ziemliche Sorgen gemacht."

Vicky schob Carolin aus dem Zimmer. „Du ziehst dich jetzt erst mal an, sonst musst du doch noch im Schlafanzug Reitunterricht geben?"

Carolin blieb stehen. „Bleibt nur noch eine Frage."

Vicky wollte gerade gehen. „Welche denn noch?"

„Wer hat das Armband gestohlen?"

„Vielleicht hat es Tanja doch verloren, oder Antonia hat es auch genommen und wollte es nicht zugeben? Hauptsache, dieser ganze Unfug hört jetzt schleunigst auf."

„Vielleicht", murmelte Carolin und schlüpfte auf dem Weg in ihr Zimmer aus ihrem Schlafanzugoberteil.

Die Blamage

Tags darauf frühstückte Carolin gerade im Gemeinschaftsraum, als Lina im Laufschritt und mit fliegenden Haaren hereingestürzt kam.

„Caro!“ Ihre Stimme klang gehetzt, sie war leicht außer Puste. Aufgebracht ließ sie sich auf den Stuhl neben Carolin sinken.

„Was geht denn bei dir ab?“, fragte Carolin verwundert.

„Ich bin gerade an der Praxis vorbeigefahren.“

Carolin checkte zunächst gar nichts. „Bist du krank?“

„Quatsch! An der Tierarztpraxis von Jo.“

Nun war Carolin hellwach. „Und?“

„Gestern Abend war ich ja auch schon da, da war nichts“, sprudelte es aus Lina heraus. „Heut früh bin ich eigentlich nur zufällig vorbei. Und siehe da …“ Sie machte eine Pause.

„Weiter, Lina, sag endlich!“

„Sie war wieder da.“

„Wer war wieder da?“

„Diese junge Frau.“ Linas grüne Augen funkelten. „Von der ich dir erzählt hab. Die ohne ein Tier.“

„Ich glaub's nicht!" Carolin ließ ihr angebissenes Schokocroissant auf den Teller fallen. „Das ist ja echt der Hammer. Also doch!" Sie sprang auf. „Na warte!"

Lina packte sie an einem Zipfel ihrer offenen Jacke. „Jetzt wart doch mal, Caro! Vielleicht täusch ich mich ja auch total. Vielleicht ist alles ganz harmlos."

Carolin riss Lina den Jackenzipfel aus der Hand und zog den Reißverschluss zu. „Genau das werde ich jetzt rausfinden." Sie rannte zur Tür.

Lina ihr nach. „Wo willst du denn hin?"

„Zum Doc, wohin sonst?! Vielleicht erwisch ich ihn ja grad mit dieser Tussi." Carolin ballte die Fäuste. „Aber dann kann er was erleben!"

„Wart, ich komm mit!"

Doch kaum hatte Lina ausgesprochen, stellte sich ihr Vicky in den Weg. „Da ist ja meine Küchenhilfe", meinte sie lachend. „Auf dich warte ich schon sehnsüchtig. Wir müssen jede Menge vorbereiten für das Fest heute Abend."

„Welches Fest?", erkundigte sich Lina, ohne den Blick von Carolin zu lassen.

Vicky fasste nach Linas Arm und schob sie Richtung Küche. „Das große Abschiedsfest. Du weißt doch, es ist der letzte Abend der Mädels."

Etwas Hilfe suchend blickte Lina zu Carolin. Die winkte ab. „Passt schon, Lina. Bis später."

Geschwind lief Carolin nach draußen. *Na warte, Doc! Du kannst was erleben, wenn du Ines betrügst. Sie wurde einmal betrogen, das reicht echt.*

Energisch zog Carolin ihr Fahrrad aus dem Ständer und

schwang sich auf den Sattel. Sie trat so heftig in die Pedale, als müsste sie ein Wettrennen gewinnen. *Das geht nicht! Das geht echt nicht! Nicht noch mal, das hat Ines nicht verdient.* Mit jedem Meter und jedem Tritt brachte sie sich noch mehr in Rage. *So nicht! Das lasse ich nicht zu. Ich werde dich auffliegen lassen.* Sie kam sich vor wie ein Rächer der Schwachen.

Vor der Praxis parkte ein stahlblaues Cabrio. *Sieh an! Ihr passt ja wunderbar zusammen. Du mit deinem hellgelben Sportwagen und sie mit ihrem stahlblauen Cabrio. Damit könnt ihr tolle Ausflüge machen. Einmal blau, einmal gelb.* Wütend parkte Carolin ihr Rad. *Aber ich werde euren tollen Plänen einen Strich durch die Rechnung machen. Darauf kannst du Gift nehmen.* Sie beugte sich weit über das offene Cabrio. Ein süßlicher Parfümduft strömte ihr entgegen, über einem Sitz hing ein blütenweißer Chiffonschal. *Stehst du neuerdings auf parfümierte Frauen?*

Aufgebracht drückte Carolin die angelehnte Praxistür auf und rauschte hinein. Aus dem Behandlungszimmer drangen Stimmen. Nur ganz leise. Auch hier war die Tür nur angelehnt. Vorsichtig drückte Carolin die Tür auf und schluckte. Es ist eine Sache, wenn man einen schlimmen Verdacht hat, aber wenn sich der Verdacht dann bestätigt, ist es doppelt schlimm. Vor ihr über den Behandlungstisch gebeugt stand Dr. Sander. Ganz dicht neben ihm eine Frau in einem engen roten Kostüm.

„Was soll das, verdammt noch mal?!", legte Carolin gleich los.

Dr. Sander wandte sich erstaunt um. „Caro?"

„Ja, genau, ich bin's! Gut erkannt! Deine Tochter, oder besser: deine Stieftochter", stieß sie zornig hervor.

Dr. Sander sah sie höchst irritiert an. „Und um mir das mitzuteilen, bist du hergekommen? Das ist mir schon bekannt."

„Was machst du hier?", wütete Carolin weiter.

„Ich bin Tierarzt, ich arbeite in meiner Praxis. Aber das weißt du doch", wunderte sich Dr. Sander. „Was ist denn mit dir los? Du bist ja völlig aufgelöst."

„Ist das ein Wunder?!", kreischte Carolin.

„Ähm … könnten wir später darüber reden?" Dr. Sander deutete auf die Frau neben sich. „Wir beide haben nämlich auch noch was zu besprechen."

„Das kann ich mir vorstellen. Hellgelb oder stahlblau, oder wie?" Carolin war wie von Sinnen. Immer wieder sah sie ihre Mutter vor sich. Mit traurigen, rot geweinten Augen. Damals, als Ines erfahren hatte, dass Paul sie mit seiner rothaarigen Sekretärin betrog!

Dr. Sander kam auf sie zu. „Caro, lass uns das alles bitte heute Abend zu Hause in Ruhe besprechen."

„Darum würde ich Sie beide auch sehr bitten", meldete sich plötzlich die Frau im roten Kostüm zu Wort. „Der Puls von meinem Hansemann wird nämlich immer schwächer. Bitte Dr. Sander."

„Natürlich." Dr. Sander stellte sich wieder neben die Frau.

Puls? Hansemann? Carolin stutzte. „Wie?"

Die Frau trat einen Schritt zur Seite und zeigte auf den Behandlungstisch. Dort hockte ein kleines weißes Meerschweinchen mit hellbraunen Ohren, das heftig zitterte. „Mein Hansemann hat ein Stromkabel angenagt und ist jetzt geladen“, erklärte die Frau, sie schien etwas durcheinander zu sein. „Zum Glück hatte Dr. Sander gleich Zeit für mich.“

Es gibt Momente, in denen man am liebsten im Erdboden versinken möchte. Dies war einer jener Momente für Caro. Sie machte auf dem Absatz kehrt und rannte nach draußen, als wäre der Teufel hinter ihr her.

„Wie kann man sich nur so zum Affen machen?“, murmelte sie vor sich hin, als sie wie eine Wilde wieder in die Pedale trat. „Wie kann man sich dermaßen blamieren? Das war tatsächlich eine Patientin und nicht seine Freundin! Du bist so was von bescheuert, Carolin Baumgarten! Unfassbar. Wie peinlich! Oh Mann!“ Carolin beugte sich weit nach vorne über ihren Lenker. *Ich kann dem Doc nie wieder unter die Augen treten.*

Carolin ließ ihr Rad auf den Reiterhof rollen und machte sich auf die Suche nach Lina. Sie stürmte in die Küche.

Doch Vicky war allein. Sie stand vor einem Berg Brötchen, die sie gerade in zwei Hälften schnitt.

„Wo ist Lina?“

„Wüsste ich auch gerne“, gab Vicky zurück, ohne mit dem Brötchenschneiden aufzuhören. „Wir haben hier noch so viel Arbeit, und sie ist einfach abgedampft. Magst du mir helfen?“ Vicky stöhnte. „Wir müssen noch einiges für heute Abend vorbereiten. Und die Lunchpakete für morgen.“

„Ich such Lina“, versprach Carolin und flitzte aus der Küche, so schnell sie konnte. Draußen auf dem Hof holte sie ihr Handy heraus und wählte Linas Nummer. Keine Antwort, es läutete durch. Carolin machte umgehend einen zweiten Versuch.

Endlich, nach ewig langem Klingeln, ging jemand ran. „Ja, hallo!“

„Ich bin's, wo steckst du denn?“

„Auf Lindenhain.“ Linas Stimme klang ernst und ziemlich angespannt.

„Na toll, ich auch! Wo genau bist du?“

„Im Gästehaus. In Antonias Zimmer.“

„Kannst du bitte mal kommen! Ich war gerade beim Doc und ...“

„Es ist besser, wenn du kommst, Caro. Bis gleich.“

Hä? Was hat das denn zu bedeuten? Carolin klappte ihr Handy zu und lief zum Gästehaus. Nach oben nahm sie zwei Stufen auf einmal. Antonias Zimmertür war geschlossen. Carolin klopfte kurz. Auf Linas „Komm rein!“ hin betrat sie das Zimmer.

Lina und Tim standen mit verschränkten Armen vor Antonia, die auf der Bettkante saß und bedröppelt dreinguckte. Als sie Carolin sah, atmete sie erleichtert auf. „Caro, gut, dass du da bist.“

„Was geht denn hier ab?“, wunderte sich Carolin.

„Hier sitzt eine kleine Diebin, die ihre Freundinnen beklaut“, erklärte Lina vorwurfsvoll.

„Wir haben sie erwischt, als sie einen iPod stehlen wollte“, ergänzte Tim.

Verblüfft blickte Carolin zu Antonia. „Schon wieder einen iPod?“

„Quatsch!“, wehrte Antonia ab. „Das ist der, den ich eigentlich schon gestern zurückgeben wollte, aber da ging’s nicht. Und als ich es vorhin tun wollte, haben mich Lina und Tim dabei ertappt.“ Sie seufzte. „Ich hab ihnen die Geschichte schon hundert Mal erzählt.“

„Lass dir was Besseres einfallen“, fauchte Lina. „Gestohlene Sachen kann man nur zurückbringen, wenn man sie vorher geklaut hat.“

„Lina hat recht“, fand Tim.

Antonia boxte mit der Faust auf die Bettdecke. „Ich hab die Sachen gemopst, ja, aber ...“

„Siehst du“, fiel Lina ihr ins Wort. „Geklaut ist geklaut!“

„Aber ich hab sie nur genommen, um Jan zu schützen. Vicky und Caro haben mich auch schon erwischt und mir ins Gewissen geredet. Deswegen wollte ich die Teile ja zurückzubringen, und dabei habt ihr mich überrascht.“

„Coole Story“, meinte Tim.

„Es stimmt, Tim“, mischte sich jetzt Carolin ein. „Es ist genau so, wie Antonia es schildert. Sie ist keine Diebin. Na ja, zumindest keine normale Diebin.“

Tim blickte etwas ratlos von einer zur anderen. „Versteh ich jetzt nicht.“

„Antonia wollte nicht, dass die anderen Mädchen Jan für einen Dieb halten. Deswegen hat sie Sachen stibitzt, und zwar immer genau dann, wenn Jan ein Alibi hatte und nicht als Dieb in Frage kam.“

Tim zog die Augenbrauen zusammen und schüttelte den Kopf. „Seltsame Story.“

„Stimmt aber“, bestätigte Carolin.

„So ganz check ich das nicht, aber wenn du meinst." Tim warf Antonia einen skeptischen Blick zu.

„Was ich genommen hab, leg ich auch wieder zurück", erklärte Antonia. „Bitte verratet mich nicht. Die anderen müssen das nicht erfahren." Flehentlich blickte sie von einem zum anderen.

„Puh! Und was machen wir jetzt?", wollte Lina wissen, die Antonia immer noch höchst argwöhnisch musterte.

Tim holte tief Luft. „Ich muss weiter, macht das unter euch aus." Damit verschwand er aus dem Zimmer.

Antonia legte die Hand auf die Brust. „Ich klau sonst nicht, das müsst ihr mir glauben. Ich schwör's. Es ist nur ..." Sie lächelte etwas verlegen. „Jan ist so süß, und ich wollte nicht, dass ihn jemand zu Unrecht beschuldigt."

Lina runzelte immer noch die Stirn. So ganz schien sie offenbar noch nicht überzeugt zu sein.

„Ich mach's auch nie wieder, ich verspreche es."

„Also gut, meinetwegen", gab Lina schließlich nach. „Aber den gestohlenen Kram legst du wieder zurück."

„War ich ja gerade dabei", erklärte Antonia eifrig, stand auf und ging zur Tür.

Carolin nickte Antonia ernst zu. „So wie wir es abgesprochen hatten." Dann hakte sie sich bei Lina unter. „Vicky wartet schon verzweifelt auf dich in der Küche", sagte sie und zog die Freundin aus dem Zimmer.

„Damit ist das Problem aber noch nicht aus der Welt", überlegte Lina, während die beiden Mädchen die Treppe hinuntergingen.

„Welches?"

„Das mit der Gang. Die werden doch bestimmt wieder aufkreuzen."

Nervös fuhr sich Carolin mit beiden Händen durch die Haare und überlegte kurz. „Die Mädchen sind morgen weg, und ins Haupthaus zu kommen geht nicht, ohne dass jemand was merkt. Jan passt auch auf", erklärte sie dann.

„Und wenn doch."

„Vicky meint, die Typen wären nicht wirklich gefährlich. Die wollen nur ein bisschen Unruhe stiften."

„Werden wir ja sehen", erwiderte Lina schulterzuckend. „Sag mal, warum hast du mich eigentlich vorhin gesucht?"

Carolin blieb abrupt mitten auf dem Hof stehen. „Ich war doch heut Vormittag in der Praxis."

„Und, hast du die Frau angetroffen?"

„Nee!" Carolin schlug die Hände vors Gesicht. „Ich hab mich blamiert bis auf die Knochen, Lina. Diese Frau hatte ihr krankes Meerschweinchen zum Doc gebracht. Da war nichts, du hast weiße Mäuse gesehen."

„Ach", machte Lina. „Die Frau, die ich meine, hatte kein Tier dabei. Es sei denn, sie hätte das Meerschweinchen unter ihrer Jeansjacke versteckt."

„Jeansjacke?" Carolin horchte auf. „Sie trug kein rotes Kostüm?"

„Nee!"

„Und sie fuhr kein blaues Cabrio?"

„Nee, die war, glaub ich, mit dem Fahrrad da."

„Dann war das eine andere. Ach Lina!" Carolin sah die Freundin hilflos an. „Ich weiß langsam nicht mehr, was ich glauben soll."

„Lina!“ Vicky tauchte etwas ungeduldig in der Haustür auf. „Kommst du bitte, ich bräuchte deine Hilfe?“

„Melde gehorsamst! Oberküchenhelfer ist zur Stelle!“, feixte Lina. Rasch wurde sie wieder ernst und wandte sich noch mal an Carolin. „Wir reden nachher weiter, ja!“, sagte sie und klopfte der Freundin aufmunternd auf die Schulter, bevor sie sich an Vicky vorbei ins Haus drückte.

„Ach Caro, die Mädels sind schon im Stall und warten auf dich.“ Vicky lächelte Carolin zu. „Deine letzten Reitstunden heute, du warst mir echt eine große Hilfe.“ Sie seufzte. „Ohne dich und Lina hätten wir das nie geschafft.“

Als Vicky im Haus verschwunden war, lief Carolin zum Stall. Das vergnügte Gekicher der Mädchen war durch die ganze Stallgasse zu hören. Sie hatten sich alle im Halbkreis in einer leeren Box versammelt. In ihrer Mitte stand Jan heftig gestikulierend.

„Hi, Caro“, kicherte Tanja. „Jan erzählt uns gerade, wie er Reiten gelernt hat.“

„Das ist echt zu komisch“, ergänzte Hanna.

„Was heißt Reiten gelernt!“, korrigierte Jan. „Ich befinde mich immer noch im Prozess des Vielleicht-irgendwann-einmal-Reiten-Lernens.“

Carolin lächelte ihn an. Es tat gut, Jan so entspannt und gelassen zu sehen. „Irgendwann schaffst es auch du.“

„Sag das mal Tim“, grinste Jan.

„Ach weißt du“, meinte Antonia, die ganz dicht neben ihm stand. „Bei mir hat das auch ganz lange gedauert. Aber irgendwann hast du den Bogen raus.“

Wie süß! Sie versucht, Jan aufzumuntern, dachte Carolin

mit einem Schmunzeln. *Sie scheint ihn echt gern zu mögen. Es war richtig, wegen der Diebstähle nichts zu unternehmen. Allerdings bleibt immer noch die Frage, wo Tanjas Armband ist.*

„Vielleicht solltest du mal Reiterferien auf Lindenhain machen", schlug Christina Jan kichernd vor. „Kann ich dir nur empfehlen."

Abschiedsparty mit Lagerfeuer

Es war später Nachmittag, als Carolin und Tim mit ihren Reitschülerinnen vom Ausritt zurückkamen. Sie rieben die Pferde trocken, putzten sie und brachten sie dann hinüber zur Koppel.

Auf dem Hof waren Jan und Ferdi gerade dabei, zwei Tische und einige Stühle aufzustellen. Vicky kam mit ein paar Windlichtern aus dem Haus, Gunnar folgte ihr mit einem Arm voll Holzscheite, die er an einer geschützten Stelle auf dem Boden aufstapelte. „Ich hab ewig kein Lagerfeuer mehr gemacht“, erklärte er freudestrahlend. „Das war eine ziemlich gute Idee von der Mutter meines Kindes.“

„Deines Kindes“, gab Vicky grinsend zurück. „Daran werd ich dich heute Nacht erinnern, wenn Luisa aufwacht und schreit!“

„Bitte nicht“, bettelte Gunnar. „Warum können die lieben Kleinen nicht einfach schweigen, solange sie nicht sprechen können?“

Als Vicky alle Windlichter verteilt hatte, ging sie auf Gunnar zu und fasste ihn liebevoll am Arm. „Und dabei ist mein lieber Gunnar der Erste, der feuchte Augen bekommt, wenn Luisa auch nur einen neuen Ton herausquetscht", lachte sie.

Die beiden sind so süß miteinander, dachte Carolin gerührt. *Nie im Leben würde Gunnar Vicky betrügen. Niemals. Und Dr. Sander? Er und Ines waren doch auch immer ein Herz und eine Seele. Zumindest fast immer! Warum geht jetzt auf einmal alles schief? Aber ist das wirklich so? Zum Glück ist heute endlich Vollmond, und dann ist es mit dieser Ungewissheit vorbei. Dann werde ich mehr wissen. Sternentänzer wird mir hoffentlich verraten, ob Jo wirklich eine Freundin hat? Oder ob das alles nur Einbildung ist von meiner Mam und Jo einfach nur viel zu tun hat?*

„Bringst du mir mal bitte die Servietten aus der Küche", holte Vicky Caro aus ihren Gedanken.

„Klar!" Carolin lief in die Küche.

Lina stand am Herd und rührte in einem großen Topf. Auf ihrer Stirn hatten sich kleine Schweißtropfen gebildet.

„Was gibt's denn?", erkundigte sich Carolin.

„Spaghetti mit Tomatensoße", erklärte Lina.

„Wow!", grinste Carolin. „Mal was ganz anderes."

„Meine liebe Caro, Vicky und ich sind nun mal nicht die größten Sterneköche dieser Welt, unser Repertoire ist leider etwas beschränkt. Aber ..." Sie deutete auf den Backofen. „Als zweiten Gang gibt es Pommes und Schnitzel."

„Oh! Das ist allerdings schon etwas für den verwöhnten Gaumen", kicherte Carolin.

Lina wischte sich mit dem Arm über die Stirn. „Was bin ich froh, wenn diese Kocherei vorbei ist, ich sag's dir. Ich freu mich schon wieder auf meine Kräuterküche."

Etwas unschlüssig lehnte Carolin in der Tür. „Kann ich was helfen?"

„Nee", winkte Lina ab, während sie weiter in dem großen Topf rührte. „Alles unter Kontrolle."

Carolin schnappte sich die Servietten und ging nach draußen. Dort kniete Vicky ganz nah neben Gunnar, der gerade dabei war, das Feuer anzuzünden. Einen Arm hatte sie liebevoll auf seinen Rücken gelegt.

Carolin deponierte die Servietten auf dem Tisch und überlegte einen Moment. Dabei schweifte ihr Blick hinüber zur Weide, wo Sternentänzer genau in diesem Augenblick seinen schönen, edlen Kopf hob. Mit einem kleinen Lächeln versenkte sie die Hände in den Hosentaschen und lief zur Koppel. Sie setzte sich auf ihren Lieblingsplatz auf dem Gatter und beobachtete den prächtigen Schimmel, der nun mit wehendem Schweif und wehender Mähne ausgelassen über die Weide preschte.

Da klingelte ihr Handy. Carolin zog es aus der Jackentasche. „Ja, hallo!"

„Hallo, Schatz! Wie geht's dir denn? Ich wollte mal wieder deine Stimme hören."

„Mam! Mir geht's gut, und dir?"

„Gut." Es gab ein Gut, das auch gut bedeutete. Und es gab ein Gut, das bedeutete, mir geht es nicht sonderlich. Der Tonfall ihrer Mutter besagte eindeutig Letzteres.

„Was gibt's denn?"

„Nichts Besonderes, nur so."

„Genießt du die Ferien?" *Die Frage könnt ich mir eigentlich sparen nach so einem „Gut"!*

„Aber ja, ich bin richtig aktiv. Ich war in einem Yogakurs und in einem Kochkurs für vietnamesische Küche. Ich hab lauter neue Rezepte für euch. Außerdem hab ich noch einen Salsakurs angefangen und mich für einen Französischkurs an der Volkshochschule angemeldet. Ich wollte ja schon immer mal mein Schulfranzösisch auffrischen."

Oje, dachte Carolin. „Klingt gut", sagte sie. „Und was macht der Doc?"

„Ach, der hat viel zu tun. Hat er ja gesagt. Viel Papierkram und kranke Tiere. Fast rund um die Uhr." Ines lachte ein bitteres Lachen. „Weißt ja, wie das ist mit den Notfällen. Aber erzähl doch mal von dir. Wie läuft's denn so?"

„Gut. Macht Spaß. Ich sitze gerade auf dem Gatter an der Weide bei Sternentänzer, und heut Abend gibt's ein kleines Fest zum Abschied", erzählte Carolin.

„Sag deinem Pferd doch schöne Grüße von mir."

Wie bitte? Carolin stutzte. *Meine Mutter richtet meinem Pferd schöne Grüße aus? Wie schlecht muss es ihr da gehen?*

„Ich muss jetzt aufhören. Ich muss los, mein Salsakurs beginnt gleich. Tschüss, Schatz!"

„Tschüss, Mam!" Carolin legte auf, starrte aber noch eine ganze Weile auf ihr Handy, bevor sie es zurück in die Tasche steckte. *Klingt nicht gut, Mam, klingt gar nicht gut! Dabei hattest du dich so auf die Ferien gefreut. Fast noch mehr als wir. Auf die Zeit zu zweit mit dem Doc. Und jetzt? Warum macht Jo das? Aber macht er überhaupt was? Mit der Frau in dem rotem Kostüm auf jeden Fall nicht. Ferdi ist auch nichts Verdächtiges aufgefallen. Nur Lina. Die Frau in Jeans. Gibt es dafür vielleicht auch eine ganz einfache*

Erklärung? Vielleicht zeigt mir Sternentänzer heute Nacht die Antwort. Ich muss es wissen …

„Caro."

Carolin war so in Gedanken versunken, dass sie gar nicht bemerkte, dass Lina sich genähert hatte.

„Es geht los! Wir essen gleich. Ich soll dich holen." Sie rollte verzückt mit den Augen. „Es gibt wieder mal die beste Pasta der Welt."

Carolin schwang sich vom Gatter. „Du, ist dir bei dieser Frau in Jeans, die den Doc besucht hat, irgendwas Verdächtiges aufgefallen?"

„Was denn?", wollte Lina wissen.

„Keine Ahnung. Jedenfalls hat Ines eben angerufen, sie klang gar nicht gut."

„Mist!" Lina umfasste ihre rote Haarmähne mit beiden Händen und drehte sie zu einem dicken Zopf. „Es könnte doch auch ganz harmlos gewesen sein, oder?" Die beiden Freundinnen schlenderten zurück zum Hof. „Ich hab keine Ahnung, Caro."

„Wenn ich nur wüsste, ob der Doc meine Mam tatsächlich betrügt?"

Lina hielt mit einer Hand noch ihren dicken Zopf. Doch plötzlich ließ sie ihre Haare los und warf sie mit einer schnellen Bewegung nach hinten. „Mensch, Caro! Das ist es doch! Du fragst deinen Sternentänzer!"

Carolin nickte. „Genau das hab ich auch vor. Ich wollt's dir schon die ganze Zeit erzählen: Heute Nacht ist nämlich wieder Vollmond."

„Stimmt!", erwiderte Lina. „Deswegen kann ich auch nicht

allzu lange auf der Party bleiben, ich muss Ami beim Kräutersammeln helfen. Bei Vollmond geht sie ja immer los."

Carolin nickte und schnaufte tief durch. Ein schrecklicher Gedanke wirbelte auf einmal durch ihren Kopf. *Was mach ich denn bloß, wenn Sternentänzer mir bestätigt, dass Jo meine Mam betrügt? Dann müsste ich es ihr in jedem Fall sagen, und dann würde sich mein ganzes Leben ändern ...*

Im Hof prasselte das Lagerfeuer, die Windlichter flackerten, die Mädchen, Gunnar, Jan, Tim und Ferdi saßen schon an den Tischen. Die Mädchen hatten Wolldecken über den Beinen.

Ferdi deutete auf den Platz neben sich. „Ich hab dir was frei gehalten, Carolinchen", rief er ihr übermütig zu.

„Carolinchen?", wiederholte Tim mit einem breiten Grinsen im Gesicht. „Niedlich! So werde ich dich von jetzt an auch nennen."

„Untersteh dich!", fuhr ihn Carolin an.

„So darf nämlich nur ich sie nennen", informierte Ferdi ihn mit triumphierendem Blick. „Stimmt's, Carolinchen?"

„Stimmt", bestätigte Carolin und setzte sich neben Ferdi. „Nur mein Freund darf mich so nennen."

Ferdi strahlte aus allen Knopflöchern.

Vicky kam mit der kleinen Luisa auf dem Arm aus dem Haus, legte sie in ihren Kinderwagen und deckte die Kleine gut zu. „Essen ist fertig, steht alles in der Küche, helft ihr mir beim Raustragen?"

Gunnar und Tim sprangen auf. „Bleib hier! Wir erledigen das."

Vicky ließ sich an einem Tisch zwischen den Mädchen nieder. Gunnar und Tim balancierten voll bepackte Tabletts aus der Küche nach draußen.

„Es war so schön hier, ich will gar nicht mehr weg", seufzte Antonia und schielte mit einem Auge zu Jan.

„Ich auch nicht", fügte Hanna hinzu. „Gleich in den nächsten Ferien komm ich wieder zu euch."

Vicky lächelte. „Freut mich, dass es euch bei uns so gut gefallen hat. Hat Spaß gemacht, auch wenn ich durch die Kleine ein bisschen eingeschränkt war. Aber ..." Sie breitete die Arme aus. „Zum Glück hatte ich so viele tolle Helfer."

Tanja wickelte die Spaghetti um die Gabel. „Also mir werden sogar diese Nudeln fehlen."

„Und ich werde bestimmt nie wieder eine so leckere Brennnesselsuppe essen", seufzte Christina.

Lina prustete los. „Danke für das Kompliment. Wenn du magst, schreib ich dir das Rezept auf!"

Antonia spießte zwei Pommes frites von der großen Platte auf dem Tisch auf ihre Gabel. „Diese Pommes sind auch ganz super knusprig."

„Und zum Abschluss hab ich euch noch einen ganz wunderbaren Kuchen gebacken", meldete sich Vicky.

Carolin und Lina wechselten besorgte Blicke. Auch Tim, Jan und Gunnar vergaßen eine Schrecksekunde lang, zu kauen.

Vicky zwinkerte vergnügt in die Runde. „Kleiner Scherz, es gibt Eis wie immer."

„Mir wird sogar dieser Stallgeruch fehlen“, seufzte Tanja. „Und die Pferde und alles ...“

„Frag halt mal bei einem Reiterhof in deiner Nähe nach, ob die nicht ein Pferdemädchen brauchen können“, schlug Tim vor. „Wenn du Glück hast, stellen die dich vielleicht als Aushilfe ein und du kannst dich um die Tiere kümmern.“

„Gute Idee“, fand Tanja.

„Mädels!“ Jan hob sein Cola-Glas. „Ich würde sagen, wir trinken auf die acht begabtesten Nachwuchsreiterinnen jenseits von Lindenhain, nach mir natürlich!“

„Oh nein!“ Tim ließ theatralisch seinen Kopf nach vorne fallen. „Warum muss ausgerechnet ich einem völlig talentfreien Wesen Reitunterricht erteilen? Womit hab ich das bloß verdient?“

„Weißt du was?“ Antonia drehte sich zu Jan. „Wenn ich richtig gut reiten kann und du es bis dahin immer noch nicht ganz so doll kannst, dann geb ich dir Reitunterricht, versprochen.“

Tim schüttelte gequält den Kopf. „Liebste Antonia, ich glaube, selbst ein jahrelanger Intensivkurs wäre bei Jan völlig für die Katz.“

„Dafür ist Jan sonst der Größte!“, rief Carolin in die Runde.

„Das stimmt.“ Vicky nickte ihrem Neffen zu.

„Ach Mann!“ Lina, die neben Carolin saß, stieß einen tiefen Seufzer aus.

„Was ist denn?“, hakte Carolin nach.

Lina legte ihren Kopf gegen Carolins Schulter. „Echt schade, dass Thorben nicht da ist! Ich vermiss ihn ganz arg.“

„Übermorgen kommt er doch wieder zurück. Dann sind die Ferien leider auch vorbei, und ich muss wieder ausziehen." Carolin zog eine Grimasse. „Am liebsten würd ich hierbleiben."

„Mach's doch einfach!", schlug Lina vor.

„Meine Mam würde das niemals erlauben", erklärte Carolin. „Außerdem braucht sie mich doch jetzt."

„Vielleicht", meinte Lina. „Vielleicht auch nicht."

„Das werden wir morgen früh wissen", gab Carolin zurück.

„Was werdet ihr wissen?", mischte sich Ferdi ein.

Carolin überlegte kurz, ob sie Ferdi in ihre nächtlichen Pläne einweihen sollte. Doch dann entschloss sie sich zu schweigen. Sie hatte Ferdi zwar erzählt, dass Sternentänzer ein magisches Pferd war und dass sie in die Zukunft blicken konnte, wenn sie in Vollmondnächten auf ihm ausritt. Aber Ferdi blieb skeptisch. Er war durch und durch Realist – und alles, wofür es keinen handfesten Beweis gab, war ihm zutiefst suspekt.

Als auch das letzte Schnitzel verspeist und die Tische abgeräumt waren, brachte Gunnar noch eine weitere Ladung warme Wolldecken, die er an alle verteilte.

Jan kam mit einem CD-Player an. „Lagerfeuer ohne Musik geht ja wohl nicht", verkündete er.

„Super!" Die Mädels klatschten in die Hände.

Gunnar verzog etwas gequält das Gesicht. „Aber bloß keinen Technokram."

„Und nicht zu laut wegen des Babys", warf Vicky ein.

„Puh!" machte Jan genervt. „Sonst noch Wünsche?"

„Was Romantisches wär cool", meldete sich Antonia.

„Find ich auch“, stimmte Ferdi zu und legte den Arm um Carolin.

Jan drückte die Starttaste, und eine tiefe männliche Samtstimme erklang.

Es war ein herrlicher Abend, der pralle Vollmond hing am fast wolkenlosen Himmel, das Lagerfeuer prasselte und verbreitete eine wohlige Wärme. Alle waren bester Laune.

Es könnte so schön sein, wenn ... ja wenn da nicht diese Ungewissheit wegen Mam wäre und ob Jo sie tatsächlich mit einer anderen betrügt, dachte Carolin etwas besorgt. *Aber nicht mehr lange, dann weiß ich Bescheid! Hoffentlich jedenfalls!*

„Ach Carolinchen“, seufzte Ferdi neben ihr und beugte sich ganz nah zu Carolin. „Ich hab dich lieb von hier bis zum Mars“, raunte er in ihr Ohr.

„Und wieder zurück“, flüsterte Carolin ebenso leise.

So gegen elf Uhr war das Fest beendet. Lina half noch rasch beim Aufräumen, flüsterte Carolin ein „Viel Glück!“ zu und rauschte davon.

Auch die meisten Mädchen waren müde und zogen sich zurück. Vicky war mit der Kleinen schon lange im Haus.

Nur Gunnar, Tim, Jan, Ferdi, Tanja, Antonia und Carolin saßen noch nah am Lagerfeuer, das bis auf eine kleine Glut heruntergebrannt war.

Tanja stand auf und streckte sich. „Ich geh dann auch mal ins Bett. Kommst du, Toni?“ Sie sah zu Antonia.

Aber die schüttelte den Kopf. „Ich bin noch gar nicht müde. Ich könnte die ganze Nacht hier sitzen."

„Das ist doch mal eine gute Idee", meinte Tim.

Das fehlt noch!, dachte Carolin. *Wird echt Zeit, dass ihr langsam verschwindet, Leute. Ich will mit Sternentänzer ausreiten. Gemütliches Zusammensitzen bis zum Morgen geht da nicht!* Sie beugte sich zu Antonia. „Ihr müsst doch morgen zeitig aufstehen und habt eine lange Fahrt vor euch."

„Ach was!" Antonia winkte ab. „Ich kann da gut im Bus pennen."

Mist!

Oben im Haupthaus öffnete sich ein Fenster. Vicky streckte ihren Kopf heraus. „Gunnar, kommst du mal bitte?"

„Ach ja!" Gunnar erhob sich seufzend. „Das war's wohl, Freunde! Meine Chefin ruft."

„Kommst du noch mal runter?", wollte Jan wissen.

Sag Nein!, flehte Carolin. *Sag Nein, Gunnar!*

Und ihr Flehen wurde erhört. „Eher nicht." Gunnar grinste breit. „Wenn ich alter Mann mit meinem Haupt einmal ein Kissen berührt hab, ist es vorbei, dann fallen mir die Äuglein zu." Er nickte in die Runde und verschwand im Haus.

„Dann könnten wir ja auch so langsam mal", startete Carolin einen Versuch und wollte aufstehen.

„Ah nee, Carolinchen!" Ferdi zog sie wieder sanft zurück. „Bleib doch noch ein bisschen hier, es ist so eine herrliche Vollmondnacht."

Eben, dachte Carolin. *Genau deswegen!*

Tim lehnte sich gemütlich zurück. „Ach Leute, das Leben kann so schön sein."

„Warum bist du denn so überschwänglich drauf?“, wunderte sich Jan und reichte ihm eine Cola.

„Weil …“ Tim knackte die Colaflasche auf, dabei strahlte er vor Freude. „Weil ich ein Angebot für eine Ausbildungsstelle als Pferdewirt erhalten hab.“

„Was?“ Carolin fuhr herum. „Ich dachte, deine Ausbildung machst du hier auf Lindenhain!“

„Klar, am liebsten schon“, erwiderte Tim und nahm einen großen Schluck. „Aber die Zeit drängt, und da Gunnar und Vicky noch immer nicht alle Formalitäten erledigt haben, um ausbilden zu dürfen, ist es gut, wenn ich noch etwas in der Hinterhand hab. Für den Fall, dass es hier doch nicht klappt.“

Jan hob seine Flasche und stieß mit ihm an. „Darauf trinken wir!“

„Du bleibst aber schon hier, Jan?“, wollte Antonia wissen. „Auf jeden Fall, oder?“

„Also Tim müsste zumindest dableiben, bis er Jan das Reiten beigebracht hat“, mischte sich Ferdi lachend ein.

Tim verschluckte sich beinahe an seiner Cola. „Ey, dann häng ich hier bis zur Rente rum!“

Carolin verschränkte die Arme und blickte hinüber zum Pferdestall. *Oh Mann, wollt ihr nicht endlich ins Bett gehen, Jungs? Bis ihr eingeschlafen seid, dauert es ja auch noch eine Weile.*

„Kann ich dir schreiben, Jan?“, fragte Antonia in die glucksende Männerrunde.

„Was denn?“, fragte Jan völlig ungerührt und trank noch einen Schluck.

Ich fass es nicht!, dachte Carolin mit einem kleinen Stirnrunzeln. *Der Typ hat tatsächlich immer noch nicht gecheckt, dass die arme Antonia bis über beide Ohren in ihn verknallt ist!*

Tim wohl schon. Denn er stieß Jan so heftig in die Seite, dass dem fast die Flasche aus der Hand fiel. „Klar kannst du. Jan freut sich jedes Mal total, wenn er Post kriegt." Er grinste frech. „Er kriegt nur leider so selten Post."

„Okay", nickte Antonia tapfer und erhob sich gleich darauf. „Ich geh dann auch mal. Gute Nacht!"

„Nacht, Toni!", riefen ihr Tim, Jan, Ferdi und Carolin im Chor nach.

Auch Carolin stand auf. „Wie wär's, wenn wir alle langsam Schluss machen?"

„Kannst ruhig schon ins Bett gehen, Caro", winkte Tim ab. „Dann sind wir hier noch eine richtig coole Männerrunde." Er hob seine Colaflasche und stieß mit Jan an.

Mist! Etwas unschlüssig trat Carolin von einem Fuß auf den anderen. *Was, wenn die jetzt echt bis zum Morgen hier rumsitzen? Dann kann ich meinen Vollmondritt so was von knicken!*

„Ferdi, altes Haus!" Jan beugte sich zu ihm. „Bleibst du jetzt hier bei uns?"

„Mal sehen?" Ferdi breitete die Arme aus und streckte sich.

„Mal sehen, was heißt das?", fragte Jan neugierig nach. Er griff nach seiner Flasche und schubste dabei versehentlich eine leere Dose vom Tisch, die mit lautem Scheppern auf dem Boden landete.

In der nächsten Sekunde ging oben das Fenster auf, und

Vicky streckte den Kopf heraus. „Schluss jetzt, Jungs! Mit eurem Lärm habt ihr gerade wieder die Kleine aufgeweckt."

Danke, Vicky!

„Sorry!", rief Jan nach oben. Dann nickte er in die Runde. „Jungs und Mädchen, dann wünsche ich euch allen eine gute Nacht." Er stand auf. „Und Aufräumen tun wir morgen, oder?"

Tim erhob sich ebenfalls. „Bin ich auch dafür. Ich lösch nur rasch das Feuer. Gute Nacht, Leute!"

Ferdi reichte Carolin die Hand und zog sie hoch. Hand in Hand gingen die beiden hinüber zum Gästehaus.

Vor Carolins Tür blieb Ferdi ganz nah vor ihr stehen. Zärtlich strich er mit der Hand über ihre Wange. „Gute Nacht, Carolinchen!", flüsterte er.

„Gute Nacht, Ferdi!", flüsterte Carolin zurück und drückte ihm einen liebevollen Kuss auf die Wange.

Eine rätselhafte Vision

Carolin betrat ihr Zimmer und lehnte sich überglücklich gegen die Zimmertür. Ein Lächeln umspielte ihre Lippen. Sie spürte die Schmetterlinge in ihrem Bauch wieder. Es war ein unbeschreiblich herrliches Gefühl für sie, mit Ferdi zusammen zu sein. Alles war so vertraut und harmonisch zwischen ihnen – so wie früher. *Ich will das nie wieder riskieren,* beschloss Carolin. *Ferdi gehört zu mir wie mein Sternentänzer …*

Wie der Doc zu Ines, schoss es ihr im gleichen Moment durch den Kopf, und schon waren die düsteren Gedanken zurück. Carolin tigerte in ihrem Zimmer auf und ab. *Wir müssten uns wieder trennen. Wir müssten wieder ausziehen.* Ihre Gedanken wanderten zurück zu der Zeit, in der sie allein mit ihrer Mutter in einer Doppelhaushälfte gelebt hatte. Es war okay gewesen, aber jetzt war eigentlich alles viel besser. *Vor allem für Mam. Ich will nicht, dass wieder alles kaputtgeht. Ich will nicht, dass alles auseinandergeht. Ich will nicht wieder umziehen müssen – und alles geht wieder von vorne los …*

Sie stellte sich ans Fenster und blickte nach draußen. Auf dem Hof war alles ruhig. Carolin drückte ihre Nase an der Fensterscheibe platt. *Wie lange soll ich warten, bis ich mich zu Sternentänzer schleichen kann?* Sie holte ihr Handy heraus und prüfte die Uhrzeit. *Kurz nach halb zwölf. Hm … noch eine halbe Stunde? Aber was mach ich bis dahin? Eine Viertelstunde sollte auch reichen.* Vorsichtig öffnete Carolin die Zimmertür und lauschte in den Flur. Alles leise, alles dunkel. *Oder soll ich gleich? Besser nicht, die Jungs sind grad erst in ihre Zimmer. Sie können unmöglich schon eingeschlafen sein.*

Seufzend zog sie sich wieder zurück in ihr Zimmer, warf sich rücklings auf das Bett und verschränkte die Arme hinter dem Kopf. *Was mach ich nur, wenn mir Sternentänzer zeigt, dass der Doc tatsächlich fremdgeht? Soll ich es Mam dann sagen? Mist!* Carolin nagte an ihrer Unterlippe. *Und wie? Mam, Sternentänzer hat mir in einer Vision offenbart, dass Jo dich betrügt! So? Blödsinn!* Carolin warf sich herum auf den Bauch. *Oder soll ich erst mit dem Doc darüber reden? Ja klar, nach meiner Aktion in der Praxis glaubt der doch eh schon, ich sei völlig durchgeknallt.* Carolin hievte sich hoch. *Aber vielleicht sind das ja alles nur Hirngespinste. Vielleicht seh ich ja auch, dass der Doc sich nur um kranke Tiere kümmert und nicht um eine fremde Frau.*

Carolin blickte auf die Uhr. *Gleich Mitternacht. Jetzt!* Sie holte ihre dunkle Jacke aus dem Schrank, öffnete so leise wie möglich die Zimmertür und schlich auf Zehenspitzen nach draußen. Vorsichtig spähte sie umher. Prall und kugelrund leuchtete die gelbe Scheibe des Mondes nun vom

Himmel. Geduckt huschte Carolin im Schatten der knorrigen, alten Linden zum Haupthaus und von dort ganz eng an der Hauswand entlang weiter zum Stall. Noch ein letzter Blick zurück. Nichts. Nirgendwo brannte mehr Licht. Nur das Fenster von Gunnars und Vickys Zimmer war gekippt. *Mist! Wenn die sogar von einer umfallenden Dose wach werden. Egal! Los!* Sie drückte die Stalltür auf und flitzte die Boxengasse entlang bis zu Sternentänzers Box.

„Hallo, mein Süßer“, begrüßte sie ihr Pferd stürmisch. „Ich hatte es heute gar nicht weit bis zu dir“, raunte sie in seine Samtohren und drückte ihm ein Küsschen auf die weichen Nüstern. „Aber wir müssen heute noch leiser sein als sonst, okay!“

Sternentänzer bewegte seinen edlen Kopf hoch und runter – fast so, als habe er verstanden. Geschwind holte Carolin die leeren Hafersäcke hervor und band sie um seine Hufe. „Los, komm!“ So lautlos wie möglich führte sie Sternentänzer über den Hof bis zu dem kleinen Feldweg. Dort befreite sie ihn von den Hafersäcken, schwang sich auf seinen Rücken und ließ ihn antraben. „Hüa, Sternentänzer, hüa!“, feuerte sie den Hengst an und klammerte sich in seiner Mähne fest. „Lauf, mein Schöner, lauf, so schnell du kannst!“ Sternentänzer setzte sich in Bewegung. Erst langsam, dann immer schneller, und schon bald wechselte er in den Galopp. Carolin beugte sich noch tiefer über seinen Hals, sodass die seidige Mähne ihr ins Gesicht wehte. Sie schloss die Augen und versuchte, sich auf ihre Frage zu konzentrieren. „Ich wünschte, ich wüsste, ob Jo meine Mutter betrügt!“, murmelte sie dann.

Kaum hatte sie die Worte ausgesprochen, ging ein sanfter Ruck durch den sehnigen Körper des Hengstes. Er galoppierte schneller und schneller. Carolin fühlte sich merkwürdig. Ihr Kopf schien sich zu drehen, ihr wurde schwindelig – wie in einem Kettenkarussell. Und plötzlich tauchten Bilder in ihrem Kopf auf. *Ein riesiger blutroter Ball. Er kommt näher. Nein, es ist kein Ball, es ist ein üppiger Blumenstrauß aus lauter dunkelroten Rosen. Eine Hand hält den riesigen Strauß, eine Männerhand. Jetzt sinken die roten Rosen. Ein Gesicht kommt dahinter zum Vorschein. Es ist das Gesicht von Dr. Sander. Er strahlt. Wirkt überglücklich.*

Wie in einem Rausch schoss die Bilderflut durch Carolins Kopf. Schnell, konturenlos, wie durch einen Weichzeichner gefiltert. Dann wurde Sternentänzer plötzlich langsamer. Er keuchte, lief schwerfälliger. Verlangsamte zum Trab, schließlich zum Schritt. Sein Körper zitterte leicht, sein Fell war nass geschwitzt.

Langsam richtete sich Carolin wieder auf. Sie straffte die Schultern und schnaufte tief durch. „Was war das denn für eine komische Vision, Sternentänzer?“, murmelte sie. „Der Doc mit einem Blumenstrauß! Aber für wen sind die Blumen? Für seine neue Freundin? Ines hat er jedenfalls noch nie so einen Strauß geschenkt. Nicht dass ich wüsste! Und sind rote Rosen nicht das Zeichen der Liebe? Vielleicht schenkt er sie ja Ines? Hm, aber eigentlich schenkt man solche Rosen doch nur, wenn man frisch verliebt ist? Mist, diese Vision bringt mich nicht wirklich weiter!“

Gedankenverloren machte Carolin kehrt und ritt zurück zu dem Feldweg. Sie glitt von Sternentänzers Rücken und umwickelte die Pferdehufe wieder mit den Säcken. In diesem Moment spürte sie, wie Sternentänzer sie sanft mit dem Kopf anstieß. „Ich weiß! Du hast getan, was du konntest. Du kannst nichts dafür, dass ich nicht weiterweiß." Carolin legte den Kopf zurück und beobachtete, wie sich eine dunkle Wolke vor den Mond schob. „Vielleicht ist es ja auch meine Schuld. Vielleicht will ich die Wahrheit einfach nicht wissen. Vielleicht konntest du mir deswegen nicht die Frau zeigen, für die dieser Blumenstrauß bestimmt ist." Sternentänzer gab ihr erneut einen kleinen Stups. Carolin seufzte, tätschelte liebevoll seinen Hals und führte ihn zurück in den Stall.

Nachdem sie ihr Pferd versorgt hatte, schlich Carolin im Schutz der Dunkelheit zurück ins Ferienhaus. Plötzlich huschte vor ihr eine dunkle Gestalt über den Flur und wäre ihr beinahe in die Arme gelaufen. Carolin blieb vor Schreck beinahe das Herz stehen. Panisch tastete sie nach dem Lichtschalter. „Antonia", stieß sie hervor, als das Licht anging.

„Caro!"

Vor ihr mitten auf dem Flur stand Antonia, völlig verschlafen, mit wild zerzaustem Haar und einer Flasche Wasser unter dem Arm, in einem dunkelblauen Nachthemd mit Comicfigur.

„Was machst du denn hier?", entfuhr es Carolin.

„Ich hatte so Durst und hab mir aus dem Automaten ein Wasser geholt", erklärte Antonia. Etwas verwirrt musterte sie Carolin. „Und wo kommst du her?"

„Ich …"

„Und wieso bist du mitten in der Nacht komplett angezogen?" Antonia packte die Flasche unter den anderen Arm.

„Weil …" *Na toll! Und jetzt?* „Ich … ich konnte nicht schlafen und hab noch einen kleinen Spaziergang gemacht", presste sie schließlich hervor.

Antonia nickte verständnisvoll. „Geht mir auch manchmal so. Dann liege ich die halbe Nacht wach und wälze mich hin und her. Aber hier auf Lindenhain schlafe ich zum Glück wie ein Stein." Sie gähnte und ging die Treppe hinauf. „Gute Nacht, Caro!"

„Nacht, Antonia!" Mit klopfendem Herzen folgte Carolin dem Mädchen nach oben. In ihrem Zimmer lehnte sie sich gegen die Wand und schnaufte erst mal tief durch. Dann zog sie ihren Schlafanzug an und legte sich ins Bett. Ihr Herz pochte noch immer so schnell, dass sie nicht einschlafen konnte. Sie zog die Beine an, streckte sie wieder aus, wälzte sich von einer Seite zur anderen und sah plötzlich im Halbschlaf nur noch rote Rosen vor sich. Überall große dunkelrote Rosen. Dazu das strahlende Gesicht von Dr. Sander und das weinende Gesicht ihrer Mutter. Und überall diese langstieligen roten Rosen.

Am nächsten Morgen wurde Carolin vom Piepsen des Weckers geweckt. Sie schreckte hoch. Sie fühlte sich müde und zerschlagen, tastete nach dem Handy auf ihrem Nachttisch und schaltete es ein. *Sie haben eine Nachricht auf Ihrer Mailbox,* verkündete eine SMS.

Carolin tippte die Nummer, um die Nachricht abzuhören. „Hallo, Caro! Ich hab versucht, dich anzurufen, aber dich nicht erreicht. Hoffentlich geht es dir gut. Mir leider nicht so. Ich will dich nicht erschrecken. Aber ich finde, du sollst es sofort wissen, dass ich mich wohl von Jo trennen werde. Ich bin mir so gut wie sicher, dass er mich betrügt. Und das lasse ich mir nicht bieten. Deine Mam."

Mistkerl! Carolin legte das Handy zurück auf den Nachttisch und sprang auf. *Warum tust du das meiner Mam an, Jo?* Wütend holte sie ihre Jeans aus dem Schrank und schlüpfte in ein Sweatshirt. Sie war so aufgewühlt, dass sie den Ärmel mit dem Halsausschnitt verwechselte und darin stecken blieb. *Manno!*

Es klopfte an der Tür. „Hallo, Caro, kommst du mit frühstücken?" Es war Antonia.

„Ja!" *Verdammt noch mal!* „Gleich." *Wenn ich es jemals im Leben noch schaffe, mein Shirt richtig anzuziehen. Warum, Doc? Warum? Was wird denn jetzt aus uns werden? Wir waren doch so eine tolle Familie!*

Als sie das Shirt endlich übergezogen hatte, fuhr sie sich noch rasch mit der Bürste durch die Haare und erledigte im Bad eine schnelle Katzenwäsche. Anschließend flitzte sie nach unten und hinüber ins Haupthaus.

„Caro, ich hab dir einen Platz frei gehalten", schrie ihr Antonia durch den ganzen Gemeinschafsraum entgegen.

Schweigend holte sich Carolin eine Tasse Kakao und setzte sich zu Antonia.

Die schob ihr gleich ein Schokocroissant hinüber. „Für dich."

„Keinen Hunger", brummelte Carolin, bereute aber im selben Moment ihren brüsken Ton. *Antonia kann ja schließ-*

lich nichts dafür, dass Jo meine Mam betrügt. Sie legte eine Hand auf ihren Bauch. „Ich bin noch so voll von gestern Abend", ergänzte sie etwas freundlicher.

„War voll super das Fest!", meinte Antonia. „Ich vermiss euch alle jetzt schon."

„Wann fahrt ihr denn los?"

Antonia deutete zu den anderen Mädels, die sich schon langsam erhoben. „In einer Viertelstunde." Sie streckte den Kopf und deutete aus dem Fenster. „Der Kleinbus rollt schon an." Sie schluckte noch rasch den letzten Bissen ihres Schinkenbrötchens hinunter, dann erhob sie sich und griff nach der Reisetasche unter ihrem Stuhl.

Carolin schob ihren halbleeren Kakao zur Seite und wollte sie nach draußen begleiten.

„Ach Caro!" Antonia zupfte sie am Ärmel. „Könntest du das bitte Jan geben, wenn ich weg bin?" Sie drückte Carolin ein kleines hellblaues Päckchen mit einer zitronengelben Schleife in die Hand.

Carolin lächelte. „Mach ich."

„Okay." Antonia holte tief Luft. Der Gemeinschaftsraum war inzwischen leer, alle anderen waren schon auf dem Hof. „Es war echt klasse von euch, dass ihr mich nicht habt auffliegen lassen."

Großzügig winkte Carolin ab. „Wenn du eine richtige Diebin gewesen wärst, hätte ich's getan, darauf kannst du wetten, aber so."

Aus einem spontanen Impuls heraus schlang Antonia die Arme um sie. „Danke und tschüss, es war supertoll bei euch."

„War super, dass ihr hier wart", gab Carolin zurück.

„Antonia!" Vicky schrie durch das Haus. „Kommst du!"

„Jaaa!" Antonia schulterte ihre Reisetasche.

Carolin schob das Mädchen nach draußen.

In der Tür drehte sich Antonia noch einmal um. „Du hast heute Nacht keinen Spaziergang gemacht, du warst mit Sternentänzer reiten, stimmt's?"

Carolin zuckte zusammen. „Wie kommst du denn auf so was?"

„Du hast total nach Stall gerochen." Antonia zwinkerte ihr noch kurz zu, dann lief sie auf den Hof.

Carolin folgte ihr. Die anderen Mädchen hatten sich schon vor dem Kleinbus versammelt und waren bereit zum Einsteigen.

Antonia verabschiedete sich noch rasch von allen mit einer dicken Umarmung, von Jan mit einer besonders dicken. Dann stieg sie zusammen mit der restlichen Gruppe in den Kleinbus ein, der kurz darauf mit lautem Hupen vom Hof fuhr.

Vicky kam auf Carolin zu und legte einen Arm um sie. „Geschafft!", meinte sie. „Hast du übrigens schon gehört, Tanja hat ihr Armband wiedergefunden!? Heute Morgen beim Packen. Es war ganz unten in ihrem Rucksack ..." Vicky seufzte erleichtert. „Ich kann dir gar nicht sagen, wie froh ich darüber bin."

„Echt! Und ich erst", nickte Carolin und schnaufte tief. „Dann wär das ja auch geklärt!" Plötzlich kreisten ihre Gedanken wieder um die Nachricht von Ines auf ihrer Mailbox. Sie runzelte die Stirn. *Doch meine größte Sorge ...*

„Also, ich werd dann mal den Hof aufräumen", meinte Jan, als der Bus außer Sichtweite war.

„Und ich die Küche", erwiderte Vicky.

Und ich? Oh Mann! Bedrückt hockte sich Carolin auf die Stufen vor dem Haupthaus und fuhr sich durch die Haare. *Eigentlich ist jetzt alles klar! Die Rosen müssen für eine andere Frau sein. Die neue Frau an Jos Seite. Diese hübsche junge Frau, die Lina gesehen hat, als sie Jo in der Praxis aufsuchte. Und Mam weiß ja auch schon Bescheid. Sie hat recht, dass sie sich nicht länger von ihm veräppeln lässt. Der Doc soll wissen, dass er aufgeflogen ist!*

Rowdys, ein Rendezvous und rote Rosen

Eine ganze Weile später saß Carolin immer noch in Gedanken versunken auf der Treppe, sodass sie gar nicht merkte, wie zwei Motorräder mit je einem Sozius auf den Hof knatterten. Sie blickte erst auf, als die Motorräder mit lautem Getöse und einer kunstvollen Kurve zum Bremsen kamen. Die beiden Mitfahrer sprangen vom Motorrad und bauten sich breitbeinig vor Jan auf, der gerade mit dem Aufräumen begonnen hatte. Sie trugen dunkle Motorradklamotten und Helme. Von ihren Gesichtern war nicht viel zu erkennen.

„Und, Janni, hast du was für uns?“

„Haut endlich ab!“, schrie Jan ihnen entgegen. „Lasst mich endlich in Ruhe! Ich hab weder jetzt noch sonst irgendwann was für euch! Ihr könnt mich mal!“

„Wir können ihn mal“, lachten die beiden Krawalltypen höhnisch. „Wie unhöflich!“

Einer der beiden machte einen großen Schritt nach vorne auf den Tisch zu. Er holte weit aus und fegte mit dem Arm all die leeren Flaschen vom Abend zuvor auf den Boden. Das Glas zersplitterte mit lautem Bersten.

„Geht man so mit alten Freunden um?", fragte der andere währenddessen zynisch. „Wir sollten alles lieber noch mal ganz in Ruhe bequatschen."

Carolin saß mit eingezogenem Kopf auf den Stufen und hielt sich die Ohren zu.

Auf einmal wurde die Tür des Haupthauses aufgerissen, und Gunnar schoss heraus. „Was ist denn hier los?", schrie er schon von Weitem. „Was zum Teufel soll dieser Lärm?"

Die zwei Rocker sahen Gunnar mit überlegenem Grinsen entgegen. „Wir haben nur eine alte Rechnung zu begleichen, nichts weiter", spottete einer der beiden. „Misch dich nicht ein, Alter! Das hat nichts mit dir zu tun. Ist eine Sache zwischen Janni und uns."

Gunnar blieb wie angewurzelt stehen. Blickte zu Jan, dann zu den Motorradfahrern, dann wieder zu Jan.

Carolin beobachtete die Szene ängstlich. Gunnar hatte sich anfänglich nicht so gut mit Jan verstanden, ihn eigentlich nur eingestellt, weil er Vickys Neffe war und Vicky darauf bestanden hatte. Carolin krallte die rechte Hand in den linken Unterarm. *Bestimmt wirft Gunnar jetzt alle vom Hof. Jan inklusive.*

Sekundenlang herrschte eisiges Schweigen. Seelenruhig schob Gunnar seinen Cowboyhut nach hinten. Ihm war anzumerken, dass er innerlich tobte wie ein Vulkan kurz vor dem Ausbruch. Dann brüllte er plötzlich los. „Verschwindet von meinem Hof, aber augenblicklich!" Er griff in seine Hosentasche und holte das Handy heraus. „Ich geb euch zehn Sekunden. Wenn ihr dann nicht weg seid, alarmiere ich die Polizei und zeige euch wegen Hausfriedensbruch an."

„Ey, Alter, lass stecken!", rief einer der Kerle und machte sich auf den Weg zurück zum Motorrad. „Leute in deinem Alter sollten sich nicht aufregen, sonst kriegen sie noch einen Herzinfarkt."

Puh! Glück gehabt, Jan! Ganz langsam ließ Carolin ihren Unterarm los, auf dem sich bereits eine dunkelrote Stelle abzeichnete.

Der zweite Bursche stand immer noch breitbeinig und ungerührt vor Jan.

„Los, macht endlich die Mücke!" Gunnar hob sein Handy, den Finger bereit zum Wählen. „Ich warte nicht mehr lange. Die Nummer der Polizei ist schon eingetippt."

Jans Exkumpel streckte ganz langsam seine Arme in die Luft, so, als hätte ihn Gunnar zu einer Leibesvisitation aufgefordert. „Schon gut. War ja nur ein Spaß, Alter. Wir ziehen ab." Dann ließ er die Arme lässig wieder sinken und trat einen Schritt auf Jan zu. „Ey, Jan!", drohte er mit dunkler, heiserer Stimme. „Für heute verschwinden wir. Aber glaub bloß nicht, dass damit für dich alles erledigt ist. Das wirst du uns büßen. Wir werden uns rächen, darauf kannst du Gift nehmen."

Jan konnte nichts erwidern, starrte ihn nur an. Er war leichenblass.

Ohne ein weiteres Wort drehte sich der Typ um, schlenderte betont lässig zum Motorrad zurück und setzte sich auf den Sozius. Mit lautem Aufheulen der Motoren heizten die vier Jungs vom Hof.

Starr vor Schreck und mit zitternden Beinen saß Carolin auf den Stufen und starrte ihnen hinterher.

Gunnar hatte sich als Erster gefasst. Er setzte sich in Bewegung und ging mit großen Schritten auf Jan zu. „Lass dich bloß nicht ins Bockshorn jagen. Die Typen haben nur eine große Klappe und nichts dahinter. Die wollten nur ein bisschen auf Show machen“, sagte er und klopfte Jan aufmunternd auf die Schulter.

Jan sagte nichts, nickte nur leicht. Ihm war der Besuch seiner Exgang in die Knochen gefahren.

„Und keine Sorge, Junge“, fuhr Gunnar fort. „Wir sind nicht sauer. Du kannst nichts dafür, wenn deine ehemaligen Kumpels hier Ärger machen.“

Was für ein Morgen!, dachte Carolin und zog sich am Stufengeländer hoch.

„Meinst du, die kommen wieder?“, fragte sie Gunnar ängstlich.

„Wenn sie wieder auftauchen, hole ich tatsächlich die Polizei“, erklärte Gunnar gelassen. „So, und jetzt kommt erst mal rein! Nach diesem Auftritt haben wir uns einen Kaffee verdient.“ Damit winkte er die beiden ins Haus.

In diesem Moment klingelte Carolins Handy. Es dauerte eine Weile, bis Carolin sich einigermaßen gefasst hatte und ihr Handy aus der Hosentasche kramte. Immer noch leicht durcheinander meldete sie sich schließlich: „Ja, hallo! Hier ist die Caro!“

„Hi, ich bin's, Ferdi!“

„Hi, Ferdi!“

„Du, ich bin schon unterwegs in Lilienthal, weil ich ein paar Sachen einkaufen musste.“

„Aha!“, machte Carolin abwesend.

„Dabei komm ich zufällig am Bistro *Salamander* vorbei – und rate mal, wen ich da sehe?“

„Keine Ahnung! Mach’s nicht so spannend, Ferdi. Mir ist heute Morgen echt nicht nach Ratespielen!“

„Deinen Stiefvater. Dr. Sander sitzt da mit einer hübschen Blondine an einem der Tische, und die zwei unterhalten sich offenbar ganz angeregt.“

„Was?“

„Und weit und breit ist kein krankes Tier in Sicht.“

„Das gibt’s doch nicht!“, murmelte Carolin entsetzt.

„Hallo, Caro, bist du noch da?“

„Ja, hat diese Frau zufällig Jeans an?“

„Moment, ich bin auf der gegenüberliegenden Straßenseite. Ich geh schnell wieder rüber und werf einen Blick durchs Fenster. Warte … hm … ja doch! Ich glaub schon.“

„Ich fass es nicht!“ Carolin ballte die Fäuste. Wut stieg in ihr hoch.

„Komm doch her und schau es dir mit eigenen Augen an“, schlug Ferdi vor.

„Oh ja, das mach ich!“, fauchte Carolin ins Handy. „Der Doc kann was erleben!“ Wutentbrannt klappte sie ihr Handy zu. *Also doch, der Doc hat eine andere,* dachte sie und stürmte wie von der Tarantel gestochen los. Doch an ihrem Rad hielt sie inne.

Sie erinnerte sich an die Frau im roten Kostüm, an das Cabrio und an das kranke Meerschweinchen. *Und wenn das wieder so harmlos ist? Nee, bestimmt nicht! Mit einer Patientin würde er sich in seiner Praxis treffen und nicht fröhlich plaudernd im Café sitzen! …* Plötzlich sah Carolin wieder den riesigen Rosenstrauß aus der Vision vor ihrem geistigen Auge. *Und was, wenn doch?,* überlegte sie und klemmte ihr Rad zwischen die Beine. Sie holte noch mal ihr Handy raus und wählte Ferdis Nummer.

„Ja, hallo, Caro?"

„Bist du dir ganz sicher?"

„Womit?"

„Dass der Doc im Café mit einer Blondine in Jeans sitzt und dass die kein Tier dabeihat?"

„Zumindest kein sichtbares Tier."

„Okay."

„Was okay?"

„Ich komme."

„Ich warte."

Carolin schwang sich auf ihr Bike und radelte los, als ginge es um ihr Leben. *Es passt alles zusammen. Der Doc mit einer Blondine in Jeans im Café, kein Tier. Meine verzweifelte Mam, die sich trennen will. Na warte, Jo!* Ein bitteres Lächeln huschte über Carolins Gesicht, als sie sich dem Bistro näherte. *Was soll's, Mam, wir kommen auch ohne Jo zurecht! So wie früher!*

Ferdi wartete auf dem Gehsteig, der dem Bistro *Salamander* gegenüberlag.

Carolin bremste ganz knapp vor seinen Füßen ab. „So", knurrte sie zornig. Es klang wie eine Kriegserklärung.

„Die beiden sitzen immer noch ganz gemütlich da drin und trinken Kaffee", verkündete Ferdi. „Die junge Frau hat ihm gerade etwas über den Tisch gereicht."

„Und was war das?", zischte Carolin aufgebracht.

„Konnte ich von hier aus leider nicht erkennen. Hab keine Röntgenaugen."

„Sorry." Etwas mühsam lächelte Carolin Ferdi an.

Der winkte nur ab. „Schon okay. Und was machen wir jetzt?"

Carolin stieg ab und parkte ihr Rad. „Ich geh jetzt auf der Stelle rüber. Kommst du mit? Bitte!"

„Und dann?"

„Weiß nicht." Sie lief zum Bistro, mit Ferdi im Schlepptau. Vor der großen gläsernen Eingangstür blieb sie einen Moment stehen und holte tief Luft, bevor sie die Klinke drückte. *So, Dr. Joachim Sander, jetzt geht es dir an den Kragen!* Sie schaute sich kurz um, dann marschierte sie direkt auf den Tisch von Dr. Sander zu.

Der drehte in diesem Augenblick den Kopf in ihre Richtung und entdeckte sie sofort. „Caro, hallo, so ein Zufall!", rief er ihr entgegen. „Was machst du denn hier? Ich dachte, du wärst auf Lindenhain?"

Das hättest du wohl gerne, fauchte Carolin in Gedanken. „Hallo!"

Dr. Sander deutete auf einen freien Stuhl an dem Tisch. „Magst du dich zu uns setzen?"

Oh ja! Es gibt nichts, was ich lieber täte! „Nein!", knurrte sie stattdessen und schielte kurz zu Ferdi, der am Eingang stehen geblieben war.

Dr. Sander sah sie etwas unschlüssig an. „Tja, also, kann ich dich vielleicht auf eine heiße Schokolade einladen?"

Du kannst dir deine billigen Bestechungsversuche echt sparen! „Ich will nichts."

„Carolin ist meine Stieftochter, und sie liebt Schokolade", erklärte Dr. Sander seiner Begleitung.

Was soll das?

„Ach, wie unhöflich von mir!" Dr. Sander deutete auf die Blondine. „Das ist Anna Schmidt. Anna, das ist Carolin."

Anna, Berta, Clothilde, mir doch egal! „Wo ist meine Mam?", presste Carolin hervor.

Dr. Sander zuckte fragend die Schultern. „Bei Florentine, soweit ich weiß."

„Und du sitzt hier rum!", giftete Carolin. „Mit einer Anna."

Dr. Sander stutzte. „Was soll das denn heißen?"

„Ach komm!" Carolin warf ihm noch einen verächtlichen Blick zu, dann wollte sie sich abwenden. Doch der Doc war schneller und packte sie am Arm. „Moment! Hiergeblieben! Was ist eigentlich mit dir los? Erst diese höchst merkwürdige Szene in meiner Tierarztpraxis und jetzt das hier? Höchste Zeit, dass wir beide mal Klartext reden!"

Anna Schmidt zog ihre Jacke von der Stuhllehne. „Ähm … ich geh dann mal!"

Dr. Sander nickte ihr freundlich zu. „Wir hatten ja so weit alles besprochen."

Mit einem leichten Lächeln verschwand die Blondine.

Dr. Sander deutete auf den frei gewordenen Stuhl. „Setz dich", befahl er streng.

Widerwillig nahm Carolin Platz. Aus den Augenwinkeln nahm sie Ferdi wahr, der immer noch an der Tür stand und ihr aufmunternd zunickte.

„Also, Caro, was geht hier eigentlich vor?"

„Das fragst ausgerechnet du!", fauchte Carolin.

„Wie?"

„Du machst meine Mam unglücklich, weil du dich mit anderen Frauen triffst. Du willst meine Mam nicht mehr, genau wie mein Paps damals", stieß Carolin zornig hervor.

Dr. Sander blickte Carolin einen Moment fassungslos an. Dann legte er eine Hand auf ihren Arm. „Wie bitte? Noch mal ganz langsam."

„Gib doch wenigstens zu, dass diese … diese Anna deine neue Freundin ist", zischte Carolin.

„Neue Freundin?", wiederholte Dr. Sander und betonte dabei jede Silbe. „Was denn für eine neue Freundin?"

„Mit der du Mam betrügst."

Dr. Sander fuhr sich mit beiden Händen über das Gesicht. „Oje!", stöhnte er dann nur, als er die Hände wieder sinken ließ. „Denkt das Ines etwa auch?"

„Und ob!", nickte Carolin. „Und sie wird sich von dir trennen und …"

„Wie?" Dr. Sander starrte Carolin ungläubig an, als hätte sie soeben von einem Treffen mit grünen Marsmännchen berichtet. „Caro, Anna ist nicht meine Freundin und wird es auch nie werden. Sie hat erstklassige Zeugnisse, und ich hätte sie gerne als meine Assistentin in der Tierarztpraxis. Obwohl sie nach diesem Auftritt von dir vermutlich ihre Bewerbung zurückzieht."

„Assistentin?", wiederholte Carolin etwas kleinlaut.

„Exakt! Damit wollte ich Ines überraschen. Eine Assistentin, die mir künftig Arbeit abnimmt, damit ich mehr Zeit für Ines und für euch habe."

„Oh!"

Sekundenlang saß Dr. Sander nur da und schwieg. „Das darf doch wohl alles nicht wahr sein", sagte er dann und schüttelte fassungslos den Kopf. „Und ich hab deine Mutter auch noch ermuntert."

„Wobei?"

„Ich fand's toll, dass sie in letzter Zeit so viel allein unternommen hat. Yoga, Kochkurs, und dabei …"

„Dabei wollte sie sich nur ablenken", ergänzte Carolin traurig.

„Puh!" Dr. Sander holte seinen Geldbeutel aus der Tasche, legte einen Schein auf den Tisch und stand auf. „Komm!"

Dr. Sander stürmte so schnell aus dem Bistro, als müsse er zu einem dringenden Notfall. Carolin und Ferdi hatten alle Mühe, ihm zu folgen. Mit eiligen Schritten überquerte er die Straße und betrat den Blumenladen *Flower Power.* Dort ließ er die Verkäuferin alle langstieligen roten Rosen zu einem Strauß binden und in grasgrünes Papier wickeln. Mit diesem Strauß sauste er weiter. Carolin und Ferdi hinterher. Vor Florentines Boutique machte er eine kleine Pause. Holte einmal tief Luft, strich sich mit der freien Hand durch die Haare, nickte Carolin zu und ging in den Laden.

Ines arbeitete eigentlich nur aushilfsweise in Florentines Boutique, doch in diesen Tagen hatte sie ein paar Extraschichten eingelegt, um sich abzulenken. Sie stand hinter dem Tresen, auf dem Tisch lagen ausgebreitet zwei Blusen.

Vor ihr stand eine ältere Dame. „Also, ich finde diese Bluse ganz entzückend", lobte die gerade.

„Die neueste Kreation aus Paris", erklärte Ines. „Dieses Modell hat Florentine kürzlich erst mitge…" Ihr Blick fiel auf Dr. Sander, Carolin und Ferdi. Sie stutzte. Schluckte. Blickte verwundert von einem zum anderen.

„Und von welchem Designer ist die denn?", erkundigte sich die Kundin gerade, die nicht merkte, was sich hinter ihrem Rücken abspielte.

„Ich … äh …" Ines holte tief Luft. „Was soll das?", fragte sie dann so scharf, dass die ältere Dame zusammenzuckte.

„Ich will doch nur wissen, von welchem Designer dieses Oberteil ist", meinte sie kleinlaut.

„Was willst du hier?"

Dr. Sander entfernte geräuschvoll das Papier von dem Rosenstrauß.

Jetzt drehte sich auch die ältere Dame um. „Was für wunderschöne Blumen!"

Ines verschränkte die Arme. „Jo, würdest du mir bitte mal erklären, was das hier soll?"

„Mam, du hast alles falsch verstanden", mischte sich jetzt auch Carolin ein.

„Ach ja, und was? Dass sich dein Stiefvater mit anderen Frauen trifft?"

„Oje!" Entsetzt schaute die Kundin Dr. Sander an.

„Ines, Schatz …"

„Ich weiß schon lange Bescheid", wütete Ines weiter.

„Mam …"

„Und ich werde mir das nicht länger bieten lassen."

„Richtig so", pflichtete ihr die Kundin energisch bei.

Dr. Sander ging auf Ines zu, nahm sie am Arm und zog sie zu sich. „Ines, jetzt hör mir doch mal zu. Ich liebe dich. Und es gibt keine andere Frau in meinem Leben."

„Pah!“, machte Ines und verschränkte die Arme. Aber ihre Stimme klang schon etwas versöhnlicher.

„Ich habe mich mit einigen Frauen getroffen. Stimmt. Aber doch nur, weil ich eine Assistentin suche, die mir Arbeit in der Praxis abnimmt, damit mir mehr Zeit für meine Familie bleibt. Ich habe dir nichts davon erzählt, weil es eine Überraschung sein sollte.“ Reumütig streckte er ihr den Blumenstrauß entgegen. „Das war wohl etwas unüberlegt von mir. Ich hätte dich in meine Pläne einweihen sollen.“

Ines runzelte die Stirn.

„Jetzt nimm schon endlich die Blumen!“, drängte Carolin.

„Das finde ich auch“, unterstützte die ältere Dame nun Dr. Sander.

Ein klitzekleines Lächeln schlich sich um Ines' Lippen. Sie löste sich aus ihrer starren Haltung und nahm die Rosen. „Also gut. Vielleicht war ich ja zu voreilig und hab falsche Schlüsse gezogen.“

Dr. Sander nickte. „Kann man wohl sagen.“

Ganz vorsichtig legte Ines die Rosen auf den Tisch. Dann trat sie einen Schritt auf Dr. Sander zu, der legte die Arme um sie und zog sie liebevoll an sich.

Carolin schnaufte erleichtert durch und griff nach Ferdis Hand.

Nach ein paar Sekunden räusperte sich die Kundin. „Ich will ja nicht drängen, aber könnten wir dann, nachdem nun alles geklärt ist, mit meiner Bluse weitermachen?“

Strahlend löste sich Ines aus Dr. Sanders Armen. „Aber natürlich!“

Dr. Sander wandte sich zu Carolin und Ferdi um und

winkte sie mit nach draußen. Dankbar drückte er Caros Hand. „Wenn ich dich nicht hätte!"

„Tja, Jo! Da hast du echt großes Glück mit mir. Und mit meiner Mam auch", nickte Carolin erleichtert. *Keine neue Trennung, kein neuer Umzug! Alles hat sich zum Guten gewendet.* Da fiel es ihr plötzlich wie Schuppen von den Augen. *Sternentänzers Vision. Dr. Sander und der Rosenstrauß.* Carolin stieß einen Seufzer aus. *Mein lieber, süßer Sternentänzer, hättest du mir nicht gleich zeigen können, dass die Blumen für Ines sind?,* dachte sie. Überglücklich lächelte sie Ferdi zu und genoss das warme, wohlige Gefühl, das ihren Körper durchströmte.

Ein folgenschwerer Unfall

Am letzten Ferientag präsentierte sich der Spätherbst noch einmal von seiner schönsten Seite. Nachdem sich die feinen Nebelschleier aufgelöst hatten, zeigte sich die Sonne am tiefblauen Himmel. Es war noch so angenehm warm, dass man keine dicke Jacke brauchte. Carolin hatte die Ärmel ihres Sweatshirts hochgekrempelt und half Vicky dabei, die Zimmer im Ferienhaus zu säubern. Ihre Zeit auf Lindenhain war vorbei, die nächste Nacht würde sie wieder im Ahornweg verbringen.

„Am liebsten würd ich hierbleiben", seufzte sie und ließ den Blick sehnsüchtig durch das Zimmer schweifen.

Vicky strich sanft über ihren Arm. „Ich fand's auch sehr schön, dass du hier warst." Sie seufzte. „Ihr werdet mir fehlen, Lina und du."

„Und mir wird Lindenhain fehlen. Sogar Sternchens raue Zunge, die mich morgens immer viel zu früh geweckt hat." Carolin wischte mit einem Tuch über das Nachttischchen. „Bei der nächsten Feriengruppe bin ich sofort wieder mit dabei."

„Davon gehe ich aus“, erwiderte Vicky, während sie mit dem Mopp unter dem Bett wischte.

„Ich könnte die Schule schmeißen und als Hilfskraft bleiben“, schlug Carolin halb im Spaß, halb im Ernst vor.

Vicky hielt inne und blickte ganz ernst. „Das ist keine gute Idee, Caro! Du brauchst einen Schulabschluss. Das ist wichtig. Danach kannst du tun, was immer du willst.“

„Schon klar“, gab Carolin zurück. „Was ist eigentlich mit Tim? Kann er seine Ausbildung nun hier auf Lindenhain absolvieren?“

Vicky tauchte den Wischmopp ins Wasser. „Das ist alles noch nicht ganz raus. Nächste Woche erhalten wir Bescheid.“

„Hoffentlich!“ Carolin stellte sich ans Fenster und deutete kichernd hinaus. Auf dem Reitplatz mühte sich Tim gerade wieder mit Jan ab, der steif wie ein Stock auf Marhabas Rücken saß. Verzweifelt klammerte er sich in der Pferdemähne fest, während Marhaba ein paar Schritte trabte. „Wer soll sonst Jan jemals das Reiten beibringen?“

Schmunzelnd stellte sich Vicky neben Carolin. „Phänomenal! Ich hab in meiner Zeit als Reitlehrerin ja schon einiges erlebt, aber so eine harte Nuss wie Jan …“ Sie legte den Arm um Carolin und zog sie an sich. „Magst du noch zum Essen bleiben?“

„Nee danke! Thorben kommt heute auch wieder, und Mam kocht zur Feier des Tages ein Festessen.“

„Lecker.“

„Na ja!“ Carolin rümpfte die Nase. „Nach einem neuen Rezept aus ihrem asiatischen Kochkurs.“

„Wenigstens keine Brennnesselsuppe“, spaßte Vicky.

Carolin sah auf die Uhr. „Aber vorher wollte ich noch mal mit Sternentänzer ausreiten. Einen Ferienabschlussritt sozusagen."

„Geh nur", ermunterte Vicky sie. „Den Rest hier schaff ich allein."

„Echt?"

„Ja sicher. Ab mit dir!"

Carolin legte das Staubtuch auf den Tisch und sauste nach draußen. Geschwind lief sie in den Stall zu Sternentänzer. „Hallo, mein Schöner, bist du bereit?", rief sie übermütig durch die Stallgasse. „Wir reiten aus."

Sternentänzer wieherte leise, als sie seine Box betrat. Zärtlich schlang Carolin zur Begrüßung die Arme um den Hals des prächtigen Schimmels. Nach einer Weile flitzte sie in die Sattelkammer, um Sattel und Zaumzeug zu holen. Während sie Sternentänzer sattelte, plapperte sie munter drauflos. „Du bist auch traurig, dass die Ferien vorbei sind, stimmt's?" Liebevoll strich sie über seine samtweichen Nüstern. „Aber ich komm trotzdem weiterhin jeden Tag zu dir, mein Schöner! Wie immer. Wie vorher. Versprochen. Du musst nicht traurig sein. Und heute machen wir einen ganz langen Ausritt. Nur wir beide. Komm, los!" Carolin griff nach dem Halfter und führte den Hengst aus dem Stall.

Draußen schwang sie sich in den Sattel und ritt los. Gemächlich trottete Sternentänzer vom Hof. Dort, wo die Feldwege begannen, trieb sie ihn an und wechselte in den Trab. Wenig später gab sie Zeichen zum Galopp und jagte mit Sternentänzer über die Wiesen und Felder. Jauchzend warf Carolin den Kopf zurück und spürte den sanften Wind, der ihr um die Nase wehte. Wie immer, wenn sie auf ihrem herrlichen Pferd saß, fühlte sie sich frei und unbeschwert. Es störte sie auch nicht, dass von dem blauen Himmel inzwischen nicht mehr viel zu sehen war und dicke Wolken die Sonne verhüllten. Dies raubte der Landschaft etwas an Farbe, und die Bäume und Sträucher waren in Schattierungen von leichtem Grau getaucht. Doch Carolin genoss die Ausritte auf ihrem Pferd zu jeder Jahreszeit und zu jeder Witterung.

Kurz bevor sie den Wald erreichten, verlangsamte Carolin das Tempo und dirigierte Sternentänzer den schmalen Waldweg entlang. Sie wollte einen kleinen Abstecher zum Bach machen und dann wieder zurück nach Lindenhain. Unten am Bach stieg sie ab und ließ Sternentänzer etwas von dem frischen Wasser trinken, das er so gerne mochte. Sie setzte sich auf einen Stein und beobachtete ihn dabei liebevoll. „Na, das schmeckt dir, mein Süßer“, meinte sie fröhlich.

Als Sternentänzer seinen Durst gelöscht hatte, erhob sie sich. „So, Sternentänzer, nun müssen wir langsam den Heimweg antreten. Ich darf heute auf keinen Fall zu spät nach Hause kommen, wenn Ines kocht. Sonst gibt's Ärger.“

Sie saß auf und trieb den Hengst an. „Los, Sternentänzer! Zum Schluss machen wir noch mal richtig Tempo.“ Carolin hielt die Zügel ganz locker. „Lauf, Sternentänzer, lauf!“, feuerte sie ihn an. Sternentänzer lief in flottem Trab den Waldweg entlang. Carolin musste sich immer wieder ducken, um den herunterhängenden Ästen auszuweichen.

Auf einmal merkte sie, wie Sternentänzer ins Straucheln geriet. In ihrem Magen machte sich schlagartig das Gefühl breit, das man in der Achterbahn hat, kurz bevor man mit dem Wagen aus luftiger Höhe schreiend wieder nach unten saust. Sie fühlte noch einen schweren Schlag – dann wurde mit einem Mal alles dunkel um sie herum.

Carolin spürte nichts mehr, nicht einmal Sternentänzers samtweiches Maul, das sanft über ihr Gesicht schnupperte. Der Hengst verharrte kurz, als Carolin nicht reagierte, dann setzte er sich in Bewegung und galoppierte mit fliegender Mähne und fliegendem Schweif zurück nach Lindenhain.

Jan war gerade dabei, Marhaba in den Stall zu führen und abzusatteln, als Sternentänzer im gestreckten Galopp auf den Hof donnerte. Dort blieb er laut wiehernd vor Jan stehen. Der ganze Pferdekörper schien zu vibrieren.

Verblüfft musterte Jan das Pferd. „He, Sternentänzer, was ist denn mit dir los?"

Sternentänzer schüttelte den Kopf und wieherte erneut. Dann wandte er sich um, trabte ein paar Meter und blieb stehen.

Jan kniff die Augen zusammen. „Irgendwas stimmt hier nicht, oder, Sternentänzer?" Er spähte umher. „Wo ist denn überhaupt Caro?"

Sternentänzer wieherte erneut laut und tänzelte unruhig auf dem Fleck.

„Mist!", murmelte Jan vor sich hin. „Irgendwas stimmt da ganz und gar nicht." Er wandte sich um. „Hallo! Ich brauch Hilfe! Hallo! Tim! Gunnar!", schrie er, so laut er konnte, über den Hof.

Aber nichts tat sich.

Hektisch schaute sich Jan um. Doch außer Hofhahn Fridolin, der stolz auf dem Misthaufen herumspazierte, war weit und breit niemand zu sehen. „Verflixt!"

Sternentänzer schien mit jeder Sekunde unruhiger zu werden. Nun stieg er sogar leicht, dabei wieherte er wieder ganz laut.

Jan kaute angestrengt auf seinem Kaugummi. Blickte zu Marhaba, der gesattelt neben ihm stand. Sah zu Sternentänzer, der höchst nervös herumtänzelte und sich überaus seltsam verhielt. Es war ganz offensichtlich, dass etwas nicht in Ordnung war. Jan kratzte sich am Kopf und holte tief Luft. Dann ballte er die Fäuste, schickte ein Stoßgebet Richtung Himmel und hievte sich kurz entschlossen auf Marhabas Rücken. Todesmutig ergriff er die Zügel und ritt los. „Los, Sternentänzer, bring mich zu Carolin, schnell! Da ist was passiert", rief er dem weißen Hengst zu. Seine große Sorge um Carolin ließ ihn vergessen, dass er eigentlich gar nicht reiten konnte.

Sternentänzer setzte sich in Bewegung, Marhaba folgte ihm, Jan klammerte sich mit klopfendem Herzen in der Mähne des Braunen fest.

„Was …?" Tim kam aus dem Stall gelaufen und sah gerade noch, wie Jan auf Marhaba vom Hof ritt. „Hä?" Er rieb sich die Augen, starrte Jan ungläubig nach – und verstand die Welt nicht mehr. „Spinn ich? Was geht denn da ab?" Er stemmte die Hände in die Hüften. „Das kann doch nicht wahr sein … da reitet einer wie der Blitz, der gar nicht reiten kann!"

Im Bruchteil einer Sekunde machte Tim auf dem Absatz kehrt, raste in den Stall, holte eines der anderen Lindenhain-Pferde heraus und saß auf, ohne es zu satteln. „Na warte, Bürschchen“, brummelte er, während er das Pferd antrieb. „Wenn du mich die ganze Zeit veräppelt hast!“ Er galoppierte so schnell, dass er gerade noch erkennen konnte, wie Marhaba mit Jan im Wald verschwand. „Jan!“, schrie er dabei aus Leibeskräften.

Jan schien ihn offenbar nicht zu hören, denn er ritt im gleichen Tempo weiter.

„Warte doch! Bleib stehen!“

Jan, der im Sattel ordentlich durchgeschüttelt wurde, hatte inzwischen die Augen geschlossen und ließ Marhaba einfach weiterlaufen. Dabei hielt er die Mähne des Pferdes weiterhin fest umklammert.

„Was soll das?“, schrie Tim ihm nach und wurde mit jedem Meter wütender. „Bleib doch mal stehen, verdammt!“

Dann endlich, als sie das Ende des Waldweges fast erreicht hatten und der Weg sich gabelte, wurde Sternentänzer langsamer. Marhaba ebenfalls. An der Kreuzung blieb er stehen. Tim holte auf und stoppte ebenfalls. Die beiden Jungs saßen ab.

„Ey, was soll der Mist?“, fauchte Tim ihn an. Doch plötzlich hielt er inne. Er sah, was Jan auch soeben entdeckt hatte. Carolin! Sie lag seltsam gekrümmt am Wegrand. Ihre Augen waren geschlossen, sie schien ohnmächtig zu sein.

„Oh mein Gott!“, schrie Tim.

Jan fiel auf die Knie und kontrollierte ihren Puls. „Ganz schwach.“

Hektisch zerrte Tim sein Handy aus der Hosentasche und alarmierte den Krankenwagen. „Wir brauchen einen Notarzt. Schnell, es geht um Leben und Tod! Ein schwerer Reitunfall ist passiert. In der Nähe des Reiterhofs Lindenhain." Dann gab er noch den genauen Standort und eine exakte Wegbeschreibung durch. „Ich reite dem Krankenwagen ein Stück entgegen, damit sie uns rasch finden und nicht lange suchen müssen." Damit klappte er sein Handy wieder zu, kniete sich neben Jan und strich Carolin sacht über die kühle, schweißnasse Stirn.

„Was sollen wir denn jetzt nur machen?", stammelte Jan hilflos.

„Gib mir deinen Pulli!" Tim zog ebenfalls seine Jacke und seinen Pulli aus und legte die Kleidungsstücke vorsichtig über Carolin.

„Hoffentlich ist sie nicht …", stammelte Jan verzweifelt.

„Hör bloß auf mit dem Quatsch!", fauchte Tim ihn an. Doch in seinen Augen stand die gleiche Furcht, die gleiche Frage.

Nach endlosen Minuten bangen Wartens hörten die beiden aus weiter Ferne lautes Sirenengeheul. Tim setzte sich in Bewegung. „Bleib du hier bei Caro! Ich lotse sie zu uns", sagte er und ritt los.

Wenig später kehrte er zurück, dicht gefolgt von dem Notarztwagen. Ein Sanitäter und ein Notarzt sprangen heraus. Ohne viel Worte zu verlieren, untersuchte der Notarzt Carolin. Danach hievten die Sanitäter Carolin vorsichtig auf die Trage, schoben sie in den Krankenwagen und fuhren wieder davon.

Kreidebleich und mit zitternden Knien lehnte sich Tim gegen einen Baum. „Wie konnte das passieren? Ich versteh das nicht."

Ebenso bleich und zitternd lehnte sich Jan neben Tim. „Sie ist halt vom Gaul gefallen."

„Das kann nicht sein! Caro ist eine ausgezeichnete Reiterin, sie kennt die Wege hier wie ihre Westentasche, sie fällt nicht einfach so runter."

„Kann doch mal passieren", erwiderte Jan. „Vielleicht war sie schlecht drauf."

„Ey, du ..." Tim stockte. „Ach du Sch...!", fluchte er dann. „Das ist doch ..."

„Was denn?"

Tim macht einen Satz nach vorne, kniete sich auf den Boden und hob ein dünnes, kaum sichtbares, offenbar abgerissenes Seil vom Boden auf. „Guck dir das mal an?"

Jan ging neben ihm in die Hocke. „Du meinst ...?"

Tim folgte dem Verlauf des Seils. Ein Ende war um einen Baumstamm gebunden, das zweite Ende um den Baumstamm gegenüber. „Sieht ganz so aus."

„Dann wollte ja jemand, dass ...", stieß Jan völlig entsetzt hervor.

„Dass Caro stürzt", ergänzte Tim tonlos. „Ich frag mich nur, wer so etwas tut?"

Jan stand auf. „Ich hab da einen Verdacht", murmelte er finster. „Das waren diese Mistkerle, jede Wette!"

„Du meinst die von deiner ehemaligen Gang?"

Jan ballte die Fäuste. „Das Seil haben die aufgespannt, um Caro zu Fall zu bringen."

Tim tigerte auf und ab. „Aber woher sollten die wissen, dass Caro hier langreitet?“

„Mann!“, funkelte Jan ihn an. „Das ist Caros Lieblingsweg, hier reitet sie immer lang.“

„Stimmt allerdings“, nickte Tim.

Jan fuhr sich mit den Händen über das Gesicht. „Ich bin schuld. Es ist meine Schuld, dass Caro gestürzt ist.“

Tim klopfte ihm auf die Schulter. „Du kannst nichts dafür, Jan.“ Er nahm sein Handy in die Hand. „Und diese Mistkerle werden dafür bezahlen, darauf kannst du Gift nehmen.“

„Wen rufst du an?“

„Die Polizei“, erklärte Tim grimmig. „Jetzt sind sie fällig.“

Was ist passiert?

Es war dunkel, es war kalt. Carolin versuchte, die Augen zu öffnen, schaffte es aber nicht. Versuchte, zu sprechen, doch es ging nicht. „Wo bin ich?“, presste sie schließlich ganz leise und mit allergrößter Mühe hervor.

„Caro! Sie ist wach! Sie spricht!“

Mam! Das ist ihre Stimme. Mam! Ich will mit dir reden, dich sehen. Wieder versuchte Carolin, ihre Augen zu öffnen. Schaffte es einen kleinen Spalt, sah Licht, nahm einen hohen weißen Raum wahr und erkannte die Umrisse ihrer Mutter. „Was ist passiert?“, murmelte sie mit schwacher Stimme. Wieder fielen ihre Augen zu.

„Schatz! Dem Himmel sei Dank!“ Ines’ Stimme klang zittrig und gedämpft. „Alles wird gut, mein Schatz. Alles wird gut, sei ganz ruhig.“

„Was ist passiert?“, wollte Carolin wiederholen, aber mehr als ein schwaches „Was?“ brachte sie nicht über die Lippen.

„Du hattest einen Unfall, einen Reitunfall im Wald, in der Nähe von Lindenhain. Tim und Jan haben dich gefunden und den Notarzt alarmiert. Du bist hier im Krankenhaus …“

Ines' Stimme klang schwach und schwächer, bis sie plötzlich ganz weg war. Carolin fiel erneut in einen Dämmerschlaf – wie in wohlig weiche Watte gebettet.

Irgendwann drangen erneut Stimmen an ihr Ohr. Viele verschiedene Stimmen. Dazwischen das laute Martinshorn, Sternentänzers Gewieher, dann wieder die lauten Stimmen. Carolin wollte sich bewegen, aber es ging nicht. Wieder herrschte Dunkelheit. Dann tauchte wieder der schöne edle Kopf ihres Schimmels auf. „Sternentänzer", murmelte sie. Die Stimmen um sie herum wurden lauter und deutlicher.

„Sie ist aufgewacht", bemerkte jemand. *Wer? Es klingt wie Lina. Lina?*

Wieder versuchte Carolin, die Augen zu öffnen. Ganz langsam schaffte sie es, die Lider zu heben. Erst nur ein wenig, dann immer weiter. Wie aus weiter Ferne nahm sie ein großes weißes Zimmer wahr, hohe weiße Wände, ein Fenster, davor einen Baum. Ihre Mutter, die an ihrem Bett saß. Tränen liefen über Ines' Wangen, an der anderen Seite des Bettes erkannte sie ebenfalls verschwommen ein Gesicht. *Der Doc!* Und weiter hinten waren Stühle, dort saß jemand. *Thorben!* Dazwischen tönte wieder das Martinshorn in ihren Ohren. Sie sah ihr wunderschönes Pferd mit erhobenem Schweif über eine Sommerwiese galoppieren.

„Gott sei Dank, Caro ist wieder aufgewacht!" Die Stimme vom Doc.

Carolin wollte etwas sagen, aber kein Laut kam über ihre Lippen. Sie schloss die Augen wieder. Es war zu anstrengend, sie offen zu halten. *Wieder das Martinshorn. Dann der Wald. Der Bach. Sternentänzer. Er strauchelt, stürzt. „Was ist mit ihm?", will sie rufen. „Wie geht es meinem Sternentänzer? Ist ihm etwas passiert? Wo ist er?"* Doch Carolin brachte kein Wort heraus. Sie versuchte erneut, ihre Augen zu öffnen. Aber sie fielen wieder zu, immer wieder, sie konnte sie nicht offen halten, so sehr sie sich auch bemühte. Und mit einem Mal wurde wieder alles dunkel um sie herum.

„Carolinchen", hörte sie irgendwann, eine Ewigkeit später, von ganz weit her eine Stimme. Ganz leise, wie ein Hauch, wie ein Flüstern. „Carolinchen." Noch einmal.

Carolin versuchte erneut, die Augen zu öffnen. Ganz langsam. Diesmal fiel es ihr etwas weniger schwer, diesmal blieben ihre Augen offen. Aber nun war es so hell, dass sie sie gleich von selbst wieder zukniff. Ihr war eiskalt, sie fröstelte, und ihr Mund fühlte sich trocken an.

„Carolinchen, endlich!"

Carolin spürte, wie jemand ihre Hand nahm und sie sacht streichelte. Es fühlte sich warm und weich an. Sie öffnete die Augen erneut und sah Ferdi. Seine blauen Augen lächelten. Er saß an ihrem Bett, hielt ihre Hand und lächelte sie an.

„Ferdi", murmelte Carolin und versuchte dabei, ihre Lippen etwas zu befeuchten.

Ferdi beugte sich nach vorn, um nach dem Glas Wasser zu greifen, das auf dem Nachttisch stand. Dabei kam er mit seinem Hemd Carolins Gesicht ganz nahe, und ein wunderbar vertrauter Geruch drang in Carolins Nase. Stallgeruch. Geliebter, vertrauter Stallgeruch. Ein ungewohnter Geruch an Ferdi.

„Trink ein bisschen Wasser." Ferdi führte das Glas behutsam an Carolins Lippen.

Carolin benetzte ihre trockenen Lippen mit der Flüssigkeit und schluckte ein wenig. Es war ein gutes Gefühl zu spüren, wie die Flüssigkeit durch ihre Kehle langsam in ihren Körper wanderte.

„Ich hatte solche Angst um dich." Seine Hand streichelte unablässig die ihre.

Caro sah ihn an. „Ferdi!" Es fiel ihr schwer, zu sprechen.

„Pschscht, Carolinchen! Du sollst nicht so viel reden, das strengt dich nur unnötig an. Du hast eine üble Gehirnerschütterung. Jetzt wird alles gut! Ja, jetzt wird alles wieder gut! Du musst nur ein bisschen schlafen und dich schonen." Verstohlen wischte er sich mit dem Ärmel über die Augen.

„Ferdi", stieß sie wieder mit größter Mühe hervor.

„Ja", beantwortete Ferdi lächelnd und mit feuchten Augen ihre nicht gestellte Frage. „Ja, Carolinchen, deinem geliebten Sternentänzer geht es gut. Ich komme gerade von ihm. Ich war im Stall, hab mich ein bisschen um ihn gekümmert, damit er sich nicht so einsam fühlt ohne dich. Mach dir keine Sorgen um ihn." Er sprach schnell, ohne Punkt und Komma. So, als wolle er ihr alles mitteilen, bevor ihr wieder die Augen zufielen.

„Echt?", hauchte Carolin.

Ferdi strich wieder über ihre Stirn. Eine Träne kullerte aus seinen Augen und hinterließ eine feuchte Spur auf seiner Wange. „Großes Indianerehrenwort! Jetzt musst nur noch du ganz schnell gesund werden."

Mit einem glücklichen „Sternentänzer" auf den Lippen schlief Carolin wieder ein.

ISBN 978-3-8332-1810-1